FOLIO JUNIOR

Ce texte a été précédemment publié aux éditions Nathan
dans la collection Pleine Lune.

Thierry Jonquet

Lapoigne à la chasse aux fantômes

Illustré
par Erwann Surcouf

FOLIO JUNIOR/**GALLIMARD** JEUNESSE

I

Ma tenue d'été

Moi, d'habitude, la venue du mois de juin m'emplit le cœur d'une joie sans égale. C'en est fini de la grisaille, et même si la météo fait encore des caprices, histoire de saupoudrer la fin du printemps de quelques jours de pluie, je peux souffler.

Pour nous autres clochards, l'arrivée de l'été sonne le glas de bien des soucis. Adieu les nuits à se geler la couenne sous les abribus par temps de neige, bye bye les séances d'essorage du linge en plein air sous les giboulées de mars et leurs grêlons, terminées les journées longues comme un jour sans pain, à maudire les strato-cumulus, leurs copains les cumulo-nimbus, et autres stradivarius virtuoses de l'intempérie en gros et en détail, qui vous mouillent jusqu'à l'os toutes les heures que le Bon Dieu fait, d'octobre à la fin avril !

Ah, oui ! elle s'adoucit un peu, la vie des sans-abri, des gueux, des traîne-misère, bref de nous autres les clodos, et tout ça, grâce au ciel qui décide de se farder de bleu, aux trottoirs lassés de se couvrir de verglas, aux rues qui se souviennent enfin qu'elles appartiennent à Paris, la plus belle ville du monde, et même aux flics qui en oublient jusqu'à leur mauvaise humeur coutumière. C'est le printemps pour tout le monde, une parcelle de bonheur. Les rayons du soleil sont bien la seule chose que tout le monde partage à égalité ici-bas !

Je cause, je cause, tout ça pour dire qu'il faisait beau ! J'en étais tout ragaillardi et insouciant, j'avais envie de siffloter, de chanter, de danser ! Pauvre inconscient ! Je ne savais pas que j'allais vivre une des plus folles aventures qu'il m'ait été donné de connaître dans ma chienne de vie.

J'avais passé la nuit dans un bosquet des Buttes-Chaumont, allongé sur ma vieille couverture, la tête calée sur un paquet de journaux en guise d'oreiller, mon Totor lové contre moi, à contempler les étoiles, à écouter le cri des mouettes qui survolent la Seine depuis la mer pour venir faire une petite virée à Paname* et qui, un peu perdues dans la forêt des toits et des antennes de télé, se

* Paname : nom familier de Paris, dans bien des chansons. Lapoigne dit parfois aussi « Pantruche ».

rabattent sur le moindre plan d'eau… J'étais là, dans l'herbe, à savourer les odeurs des feuilles gorgées de rosée et à observer les va-et-vient de mon Totor, qui se lissait le poil au bord du lac.

Mon Totor est quelqu'un qui gagne à être connu. C'est le putois le plus affectueux que je connaisse ! Nous vivons ensemble depuis plus de dix ans. Je l'ai ramassé un soir en forêt de Fontainebleau, dans un triste état : un chien enragé menaçait de lui régler son compte. Nous ne nous sommes plus jamais quittés !

Je trouvai un vieux morceau de fromage au fond de la poche de mon pardessus et le lui tendis. Pendant qu'il grignotait son rogaton*, j'en profitai pour me changer. Je me change une fois par an, dès que je suis sûr que les beaux jours sont là et bien là ! A l'abri des bosquets, j'ôtai mon tricot, mon chandail, mon pantalon, mon caleçon, tout ce qui me colle au cuir durant l'hiver, ainsi que mes fidèles galoches, pour les troquer contre ma tenue d'été : caleçon, short, sandales et chemisette.

Tous les pores de ma peau respiraient et, si le temps se maintenait, j'envisageais déjà de me rendre sur les bords de Marne, pour y prendre mon bain annuel. Je rangeai mes hardes sales dans mon landau, le landau qui ne me quitte jamais

* Rogaton, n. m. : reste minable d'un repas, qu'apprécie ce brave Totor.

et me sert à la fois de garde-manger, de débarras, de buanderie et de bibliothèque ambulante. Ma tenue d'hiver s'en alla donc rejoindre mes livres, mon réchaud Butagaz, mes conserves, la bouteille de pétrole à l'aide de laquelle je me parfume quand les puces se montrent trop voraces, ainsi que le sac empli de vieilles chaussettes que Totor utilise comme chambre à coucher.

Les gens qui traversaient le jardin des Buttes-Chaumont pour se rendre au travail comme tous les matins me virent jaillir du bosquet, frais comme un gardon, décontracté, à l'aise. Eux qui serraient leurs petits attachés-cases, engoncés dans leurs costumes tout gris, ils me couvèrent d'un œil jaloux. J'étais pour ainsi dire en vacances ! Tenez, c'est bien simple, je ressemblais presque à une pub pour le Club Méditerranée... C'est bien pour ça qu'ils avaient l'air de m'envier.

J'avais faim. Je sifflai mon Totor qui sauta dans le landau. Des Buttes-Chaumont, je gagnai la place de la République d'un pas tranquille. La place de la République, et surtout la baraque foraine installée sur le terre-plein central, près du métro, est en quelque sorte mon port d'attache. J'y passe au moins une fois par jour pour prendre un solide repas que me sert l'ami Mustapha, le grand cuisinier, le véritable génie de la frite et de la merguez !

Mustapha est fort célèbre dans tout Paris pour la recette de son huile de cuisson, qu'il tient secrète. Dès que vous descendez la rue du Faubourg-du-Temple, même par grand vent, l'arôme des frites de Mustapha vous affole les narines et chasse les effluves de gazoil. Grâce à son talent, Mustapha attire une nombreuse clientèle de connaisseurs, parmi lesquels M. Soussou, un mage africain très connu et respecté à Belleville. Alors que je me dirigeais vers la baraque à frites, j'aperçus justement sa haute silhouette coiffée d'une chéchia rouge et affublée d'une djellaba du même métal.

– Bonjouw, noble Lapoigne ! me dit-il, un large sourire aux lèvres. Aujouwd'hui, il faudwa jeûner !

Jeûner ? Effectivement, la baraque était fermée et je vis le panneau que Mustapha avait pris soin d'afficher sur la devanture : « Fairmai pour kose deux reut haivaineman. » Que voulez-vous, Mustapha a consacré de longues années à étudier la cuisine, alors forcément, il a négligé d'apprendre l'orthographe.

– Fermé pour cause d'heureux événement ? balbutiai-je, surpris.

– Mais oui, noble Lapoigne ! s'écria M. Soussou. Aïcha a donné naissance à un petit Saïd hiew soiw… Je couw moi-même à la matewnité pouw lui offwiw un pwésent !

M. Soussou me montra un sac Prisunic empli d'herbes étranges.

– C'est pouw pwépawer des tisanes de Nkala-Nkala, qui wendent les nouveau-nés fow et vigouweux ! m'affirma-t-il.

Dans les couloirs de son appartement, M. Soussou cultive en effet de nombreuses plantes aux pouvoirs mystérieux.

Mustapha était papa ! Et moi qui avais presque oublié ! J'étais pourtant au courant. Quelques mois plus tôt, Mustapha avait donné une grande fête dans sa baraque à frites pour annoncer la nouvelle : Aïcha, sa gazelle du désert, comme il l'appelle, avait un gros ventre rond ! Foi de Lapoigne, Lapoignus pour les intimes, ç'avait été un grand moment. Jamais on n'avait vu autant de merguez englouties en si peu de temps. J'avais dû faire une sieste de trois jours pour récupérer !

Mustapha était papa ! Décidément, l'été s'annonçait bien. M. Soussou enfourchait déjà sa Mobylette, un engin des plus curieux qu'il a bricolé lui-même en remplaçant le moteur d'origine par celui d'une deux-chevaux et le siège par une selle de méhari*, bien plus confortable. Ces améliorations ont rendu le bolide méconnaissable !

* Méhari, n. m. : dromadaire d'Arabie, dressé pour les courses rapides. Imaginez un peu la selle d'une pareille bestiole sur une Mobylette !

– Pwends donc place dewière moi ! me proposa M. Soussou.

J'attachai mon landau par le guidon au garde-boue arrière à l'aide d'une ficelle et enfourchai l'engin de mon ami Soussou. Il mit les gaz à fond et nous filâmes en direction de la Bastille puis du quai d'Austerlitz, afin de rejoindre l'hôpital de la Salpêtrière où se reposait Aïcha. Les automobilistes semblaient surpris par notre curieux attelage et s'écartaient soigneusement pour libérer la route. Alors que M. Soussou garait sa monture près de l'entrée de l'hôpital, deux flics qui traînaient dans les parages s'approchèrent de nous…

– Oh ! les jolis clients ! Papiers ! Et plus vite que ça ! ricana le premier en tâtant du bout du pied une des roues de mon landau.

M. Soussou ouvrit sa djellaba et en sortit son portefeuille.

– Hon… hon, murmura le premier flic après en avoir étudié le contenu. Ainsi, monsieur est mage ?

– C'est cela même… Ma spécialité, c'est l'hew-bowisterie, assura M. Soussou.

– L'herboristerie ? Monsieur trafique des herbes, en quelque sorte ? Suspect, très suspect…, murmura l'homme au képi avant de se tourner vers moi. Et vous, là, le touriste, vous êtes prestidigitateur, sans doute ?

J'entrouvris ma chemisette et dégageai le petit étui de cuir qui contient ma carte d'identité et que j'attache à mon cou par une cordelette. Depuis le temps que je roule ma bosse de trottoir en trottoir, elle a beaucoup souffert, et ressemble à un parchemin égyptien passé au nettoyage à sec !

– Alors voyons, Lapoigne Claude, né le... mouais, mouais, mouais... Et vous... vous êtes pro-fes-seur ! s'étrangla le flic en me dévisageant de la tête aux pieds.

Eh oui, ma carte d'identité est tellement vieille qu'elle mentionne encore mon ancien métier. J'enseignais le latin à des garnements dans un lycée parisien. Comme en latin la plupart des mots finissent en us, tout le monde m'appelait Lapoignus ! C'était le bon temps. Mais quand ma pauvre femme est morte, je n'ai plus eu de goût à rien et j'ai tout plaqué : mes élèves, mes livres de grammaire, ma salle de classe, et même ma maison, pour partir vivre dans la rue. Que voulez-vous, je n'aimais qu'elle. Le flic me rendit ma carte en la tenant du bout des doigts. Il soupira et secoua la tête, l'air abattu, avant de s'éloigner en compagnie de son collègue.

– Tu vois, Émile, lui dit-il, je savais que l'enseignement était en crise, mais à ce point-là...

– Je me demande ce qui a bien pu attiwer l'attention suw nous. Nous sommes si discwets !

s'étonna M. Soussou en attachant l'antivol de sa Mobylette.

Je me contentai de hausser les épaules en guise de réponse. Mon Totor pointait le bout de son museau hors de son tas de chaussettes et grognait en direction des deux flics. Totor est allergique aux uniformes. Heureusement qu'il ne s'était pas cru en danger, sinon il aurait aspergé les deux gêneurs d'un de ces pets dont il a le secret ! Vous ne le savez peut-être pas, mais les putois ne pètent pas par plaisir, comme nous autres les humains, mais pour se défendre. Ils dégagent alors une odeur telle que leurs ennemis préfèrent s'enfuir. Les putois sont des animaux d'une grande sagesse : ils savent éviter la bagarre !

Je le fis rentrer dans son tas de chaussettes et lui expliquai qu'il allait devoir m'attendre. Les animaux sont interdits de visite dans les maternités. Il grogna, se mit à bouder, mais sa mauvaise humeur céda devant la petite gousse d'ail que je lui tendis et qu'il croqua avec délices. Totor ne connaît pas de meilleure friandise.

Le bébé de Mustapha était adorable. Il avait déjà reçu un tas de cadeaux, et pour ma part, je lui offris un recueil de poèmes que j'avais puisé dans mon landau. Il n'était plus de la première jeunesse mais sa reliure en cuir avait bien supporté la vie de la cloche. Son usure en faisait une sorte d'antiquité, et le rendait encore plus précieux.

– Avicc ci livre, il apprendra à lire plis vite qui lis autres ! me jura Mustapha, très ému.

Aïcha me fit la bise, je berçai un peu son poupon, les larmes aux yeux. Je n'ai jamais eu d'enfant, mais foi de Lapoigne, je le regrette. M. Soussou avait fait bouillir ses racines de Nkala-Nkala et Aïcha avala un plein bol de ce breuvage avant de donner le sein à son rejeton. C'était un bien joli spectacle. Je ne sais plus si je vous ai dit combien la belle Aïcha est dodue… Avec des nénés comme les siens, le petit Saïd ne risquait pas de mourir de faim !

Puis nous l'avons laissée se reposer, M. Soussou et moi. Il devait passer à la poste chercher un paquet en provenance d'Afrique, et qui contenait un assortiment d'herbes rares, aussi enfourcha-t-il sa Mobylette. Quant à moi, je récupérai mon landau et longeai le Jardin des Plantes pour rejoindre la rue Cuvier. Nous étions le 4 juin, jour de la Sainte-Clothilde !

Un quart d'heure plus tard, je frappai vigoureusement à la porte de la loge de concierge de ma copine, la mère Muzard, pour lui souhaiter bonne fête. Je n'étais pas en fonds, mais j'avais quand même acheté une bouteille de vin blanc sec, qui est sa petite faiblesse, et un paquet de tabac gris pour qu'elle puisse en bourrer sa pipe.

Aucune réponse. J'insistai, sachant fort bien que la mère Muzard est sourde comme un pot. Il suffisait qu'elle soit dans sa cuisine, à briquer ses casseroles, ou dans sa chambre à astiquer l'armure du grand-duc Abélard de Muzard-Salsempouille, son ancêtre qui a participé à la bataille de Marignan, pour qu'elle n'entende rien !

Eh oui, ne croyez pas que je vous raconte des bobards, figurez-vous que ma copine Clothilde-Berthe est la dernière descendante d'une grande lignée de la noblesse ! Mais Sigismond-Amédée de Muzard, son bisaïeul qui vivait sous Napoléon III, a claqué toute la fortune familiale en jouant aux cartes et a même vendu le château de Salsempouille, dans l'Indre-et-Garonne. Si bien que depuis quelques générations, les ducs de Muzard sont concierges au 8 de la rue Cuvier ! Bref, je cognais, cognais, cognais encore, et à ce rythme-là, la duchesse devait bien sentir les vibrations, foi de Lapoigne, Lapoignus pour les intimes ! Peine perdue, au bout de cinq minutes, je dus me rendre à l'évidence : elle n'était pas chez elle. C'était fort surprenant parce qu'elle ne quitte jamais sa loge sans laisser une pancarte sur la porte…

Je montai l'escalier, histoire de vérifier qu'elle n'était pas occupée à passer un coup de serpillière dans les étages. A son âge, ce n'est guère raisonnable : l'alpinisme lui est fortement déconseillé à cause de ses varices – des varices qui défient l'imagination ! J'arrivai essoufflé au septième, mais il n'y avait pas plus de duchesse que de beurre en broche. Je redescendis jusqu'à la loge de plus en plus inquiet et, machinalement, je poussai le loquet.

Surprise ! La porte s'ouvrit toute seule. Je pénétrai en catimini à l'intérieur du gourbi* de la duchesse. Le repaire était encombré par le fouillis habituel. On n'y voyait pas très clair à cause du cactus géant qui étend ses maigres ramures le long de l'unique fenêtre de la loge. Tous les ans, à la Noël, la mère Muzard le barbouille de mousse à raser Gillette et le décore de capsules de Martini ; ainsi maquillé, il ressemble à s'y méprendre à un sapin de Noël !

Je poussai mon landau contre le buffet et contournai la grande cage de fil de fer dans laquelle elle élève quelques douzaines d'escargots, des gros, de Bourgogne, baveurs et dévoreurs de laitue fraîche ! C'est alors que je m'aperçus que le sol était jonché de lettres destinées aux habitants de l'immeuble. Certaines dataient de deux jours. D'ordinaire, la mère Muzard est pourtant très

* Gourbi, n. m. : logis un peu minable.

pointilleuse sur la question du courrier. Sitôt que le facteur le lui remet, elle le dépose dans les boîtes aux lettres, au fond du couloir du rez-de-chaussée. Depuis bientôt quinze ans que je la connais, jamais je n'avais vu le moindre pli traîner chez elle en souffrance. Pour sûr, c'était très inquiétant.

Je fis un pas en tordant le cou en direction de la chambre, où le capharnaüm était encore plus dense. Je dois vous dire que je n'y suis jamais entré ! Avec les dames, il faut avoir de l'éducation et respecter leur vertu…

– Un homme dans ma chambre, allons, voyons, Claudius, les gens jaseraient…

Il me semble entendre sa vieille voix éraillée par le blanc sec et le Caporal export, une voix qui évoque irrésistiblement la plainte d'une casserole ébréchée qu'on torturerait à l'aide d'une lime ! Poussé par l'inquiétude autant que par la curiosité, je m'avançai sur la pointe des pieds.

L'armoire était grande ouverte. Toute la garde-robe de ma copine était étalée sur le lit et sur le trône des ducs de Muzard-Salsempouille, une autre relique rescapée du château ancestral. Stupéfait, je découvris des manteaux de brocart, des corsets à lanière, des robes à crinolines, baleines et armatures, le tout copieusement rongé par les mites et les termites. Par délicatesse, je m'interdis d'y toucher. Qu'est-ce qu'il lui avait donc pris de déballer ainsi toutes les tenues qu'avaient portées sa mère, sa grand-mère, et la grand-mère de son arrière-grand-mère, bref, ce marché aux puces domestique sur lequel elle veillait si jalousement ? Je l'imaginais déjà, ainsi parée d'aussi précieux atours, elle qui tient sur ses jambes grâce à je ne sais quel miracle, et déambule dans sa loge vêtue d'une blouse achetée à la Samaritaine lors des soldes de 1938, les pieds chaussés de mules aux semelles rapiécées de rustines. Foi de Lapoigne, il y avait là de quoi inaugurer un musée – le Musée Muzard – où j'aurais volontiers fait office de conservateur*, tant la tâche était alléchante... Tout ça ne me disait cependant pas où donc avait pu disparaître ma copine. Dans l'expectative, je ramassai les lettres éparpillées sur le lino et les distribuai dans les boîtes. Après quoi, j'empoignai mon landau, et quittai l'immeuble.

Je fis un petit crochet par le marché de la rue Mouffetard. C'était la fin de la matinée et les commerçants qui installent leurs étals le long des trottoirs commençaient tout juste à ranger leur marchandise. La mère Muzard a l'habitude de squatter un coin de bitume tout près du jardin

* Conservateur, n. m. : celui qui gère un musée. Bon courage à celui qui s'occuperait de la loge de la mère Muzard !

public, où elle étale ses cageots emplis d'escargots bouillis et farcis à la sauce Muzard, c'est-à-dire rissolés dans une purée d'oignons, flambés au Ricard et accompagnés d'un coulis de framboises : une merveille ! Elle tente de les vendre par cornets de douze à quelques connaisseurs, de plus en plus rares, hélas. J'espérais l'y voir, mais je fus encore une fois déçu ! Mais où diable était-elle donc passée ?

Ma copine a le chic pour mettre le bout de son nez, orné d'une verrue, dans les pires avanies. Avec elle, le moindre incident vire à la catastrophe. Je me souviens encore d'une autre de ses lubies, d'avant les escargots : il y a trois ans de ça, elle avait entrepris de faire pousser des champignons dans les caves désaffectées de l'immeuble du 8 de la rue Cuvier. Je l'avais aidée à installer un petit système d'irrigation, avec une vieille pompe de machine à laver récupérée aux Puces. Elle allait les vendre au marché, histoire de se faire un peu de sous pour arrondir ses fins de mois. De jolis champignons qui eurent plus de succès que ses escargots. Au départ, du moins ! En effet, après quinze jours de ce commerce, les plaintes ont commencé à pleuvoir. Certains consommateurs, après avoir dégusté leur omelette, voyaient des éléphants roses et des tas d'autres bestioles étranges danser au plafond ! Ils étaient tout bonnement hallucinogènes, les bolets et les cèpes de la duchesse de Muzard-Salsempouille ! Il s'en est fallu de peu qu'elle n'échoue en prison, pour trafic de stupéfiants. Avec les escargots, on ne risquait pas grand-chose, me direz-vous, et encore, allez donc savoir. Méfiance !

2

Une Bentley blanche

Il était une heure et je n'avais rien avalé depuis la veille au soir. Oubliant mes soucis, j'achetai une boîte de cassoulet et rejoignis les quais pour me préparer ma tambouille. J'adore manger au bord de l'eau et faire un brin de sieste en regardant passer les péniches. A peine avais-je installé mon Butagaz sur les pavés du quai d'Anjou qu'une voix familière m'apostropha.

– Salut et fraternité, Claudius Lapoignus ! s'écria mon copain Bébert, un clochard de la vieille école, comme moi.

Son domaine s'étend du pont Marie à la pointe de l'île Saint-Louis. N'importe quel jour de l'année, vous êtes certain de l'y croiser, avec son Caddie rafistolé à l'aide de bouts de Rubafix, sa capote de spahi* et son chapeau tyrolien. Une sacrée nature, Bébert ! Lui aussi s'apprêtait à dîner. Bébert est un fin gastronome et se mijote des petits plats à faire rougir d'envie les maîtres queux** de la Tour d'Argent. Il se pencha sur mon réchaud, huma l'arôme du cassoulet, dédaigneux.

– Laisse tomber, Claudius, me dit-il en me montrant une gamelle fumante, c'est moi qui régale ! Aujourd'hui le chef te propose un bourguignon façon Bébert ! Tu remplaces le bœuf par des gésiers de poule et tu fais roussir dans une flambée de rhum ! Surtout pas de farine, ça gâte la sauce, ça l'épaissit inutilement : du sucre glace, mon vieux ! C'est plus digeste ! Une petite giclée de mayonnaise, quelques zestes d'orange, une poignée de câpres, et surtout tu n'oublies pas, sinon c'est foutu, un petit carré de chocolat blanc dilué dans le bouillon ! Dis-moi ce que t'en penses !

Je goûtai, émerveillé. La bouteille de blanc sec que je comptais offrir à la mère Muzard pour la Sainte-Clothilde accompagna ce mets, des plus fins qu'il m'ait été donné de savourer. Les papilles en émoi, je m'assis au bord du quai pour me tremper les arpions*** dans l'eau de la Seine.

* Spahi, n. m. : fier soldat africain. Beaucoup sont morts pour libérer la France pendant la guerre de 39-45.
** Maître queux, n. m. : grand, grand cuisinier très, très cher !
*** Arpions, n. m. pl. : les pieds ! On dit aussi en argot les pingleaux !

La panse bien remplie, le nez au soleil, j'avais tout pour être heureux… Bébert ne s'y trompa pas. Ma mine renfrognée en disait long sur mon inquiétude. Il me questionna ; en quelques mots, je lui fis part de la curieuse absence de la mère Muzard.

– Ah ! les femmes…, soupira mon pote. C'est volage, c'est insouciant, ça papillonne, de çà, de là, pareil à la feuille morte. Cette chère Clothilde est sans doute émoustillée par le beau temps ! Elle aura trouvé un joli cœur pour lui compter fleurette ! Ne sois pas jaloux, Claudius ! Comme j'te l'dis.

Les paroles rassurantes de Bébert me mirent du baume au cœur. Après tout, il avait probablement raison. Allongés côte à côte, nous poussâmes un petit roupillon tandis que mon Totor lapait le fond de la gamelle de « bourguignon façon Bébert » de sa petite langue râpeuse.

En fin d'après-midi, je repris la route en direction de la rue Cuvier. La duchesse de Muzard-Salsempouille n'était toujours pas rentrée. Pour le coup, il y avait vraiment de quoi se faire du mouron*. Je résolus de passer la nuit sur un banc, en face de l'immeuble, décidé à ouvrir l'œil, et le bon ! Totor batifola dans le caniveau, à se lisser

* Se faire du mouron : avoir de gros, gros soucis.

le poil à petits coups de langue avant de venir se blottir contre mon épaule.

Il était presque cinq heures du matin et le soleil allait se lever quand je vis une Bentley d'un blanc éblouissant remonter la rue Cuvier. Une Bentley, parfaitement ! De nos jours, ce genre de voiture n'est plus très courant dans rues de Paris, aussi y prêtai-je attention. Elle était magnifique, silencieuse, majestueuse même, avec ses gros phares fouillant l'obscurité et sa calandre chromée qui étincelait à la lueur des réverbères. Foi de Lapoigne, Lapoignus pour les intimes, elle stoppa à la hauteur du 8 de la rue Cuvier ! Une intuition subite me poussa à basculer derrière un tas de poubelles posées sur le trottoir.

A couvert, je vis un chauffeur en livrée et casquette sortir de la Bentley pour ouvrir la porte arrière gauche. Un homme de forte corpulence descendit, vêtu d'un frac*, tenant un chapeau haut-de-forme à la main. Le chauffeur s'effaça et le nouveau venu proposa son bras à une passagère qui, à son tour, s'extrayait à grand-peine des sièges de cuir. Il était impossible de ne pas la reconnaître. Elle ! La… la mère Muzard ! C'était bien elle, en robe du soir ! Avec un diadème sur sa perruque ! L'inconnu porteur du haut-de-forme

* Frac, n. m. : tenue de cérémonie, un peu comme un smoking.

lui baisa la main. Elle esquissa une révérence, enfin, quelque chose qui y ressemblait vaguement. Les genoux oxydés de cette chère Clothide-Berthe se fléchissent avec un bruit épouvantable, comme celui d'une craie qui crisse contre le tableau noir.

– A demain, très cheeer..., chevrota la voix de la duchesse tandis que son chevalier servant réintégrait la Bentley, qui démarra aussitôt.

Ma copine disparut dans son immeuble, empêtrée dans sa robe, à tel point qu'elle faillit bien s'étaler de tout son long sur le trottoir. Je quittai mon poste d'observation derrière les poubelles et m'approchai de la fenêtre de la loge, sans faire de bruit. Au travers des rideaux que la mère Muzard a taillés elle-même dans un vieux filet de camouflage que j'avais dégotté dans un surplus militaire, je la vis minauder dans sa loge ! Elle dansait, les yeux fermés, tournait sur elle-même comme si un galant cavalier lui donnait le bras pour un menuet.

Évidemment, avec les rhumatismes qui lui rongent la carcasse, ma copine ressemblait plus à un robot déglingué qu'à la marquise de Pompadour, mais enfin, il y avait de ça ! Elle avait ouvert le vieux gramophone que son mari lui avait offert pour leur mariage, en dix-neuf cent... dix-neuf cent... bref dix-neuf cent quelque chose, et faisait tourner un disque 78 tours en cire noire.

Je reconnus l'air : une vieille chanson de Charles Trenet.

Allons on danse,
Quelle cadence,
Ah ah ah ah,
Ah ah ah ah,
Le menuet, c'est la polka
Du roi !

Puis, épuisée par sa nuit qui avait dû être mouvementée, elle s'endormit soudain sur son fauteuil, à la fin du morceau, exactement comme les petits automates des boîtes à musique dont on remonte le mécanisme à l'aide d'une clé. Le ressort de la duchesse était détendu !

Je devais rêver. Je me pinçai la main, histoire de revenir à la réalité. La mère Muzard en robe du soir, qui dansait le menuet après qu'une voiture de maître l'eut raccompagnée dans sa loge de concierge ! Et pourquoi pas une citrouille transformée en carrosse, je vous demande un peu, foi de Lapoigne, Lapoignus Claudius pour les intimes ? Mais non, je ne dormais pas ! Je m'éloignai de la fenêtre et rejoignis le banc auprès duquel j'avais laissé mon landau. Les premiers autobus du matin commençaient déjà à circuler.

Toute la matinée durant, je vadrouillai dans le quartier, refusant de croire à ce que j'avais vu, de mes yeux vu ! Nom de nom, il fallait en avoir le cœur net, sinon je ne m'appelais plus Lapoigne ! J'achetai une nouvelle bouteille de blanc sec, puisque j'avais éclusé la précédente avec mon copain Bébert, histoire d'accompagner dignement le bourguignon, et un nouveau paquet de tabac gris. Puis je revins frapper à la porte de la loge.

– C'est moi, Claudius ! Vous n'étiez pas là hier, je suis venu vous souhaiter votre fête ! criai-je.

La mère Muzard entrebâilla sa porte et me dévisagea derrière ses grosses lunettes à double foyer. La moustache, la verrue au bout du nez, la perruque de traviole, sans oublier le dentier qui menace de se faire la valise à chaque fois qu'elle ouvre le bec : c'était bien cette brave Clothilde-Berthe, sans aucun doute ! Et pourtant il y avait un je ne sais quoi dans son regard, quelque chose de trouble, de fuyant... Oh ! ce n'est pas qu'elle y voie très clair, la pauvre, elle est myope comme une taupe albinos ! Mais il y avait autre chose. Elle n'était pas dans son état normal. Elle avait toutefois quitté sa robe du soir pour réintégrer sa vieille blouse grise. A la vue de la bouteille de blanc sec et du paquet de tabac, elle se mit à frétiller et m'invita à m'asseoir. C'est qu'elle ne crache pas sur la bibine, ma copine ! Elle sortit deux verres, les essuya d'un revers de manche, nous servit et se colla une bonne rasade de pinard derrière la cravate.

– Cul sec, Claudius ! Allez, je nous remets une tournée ! s'écria-t-elle en saisissant de nouveau la bouteille.

Il faut la voir faire, elle a le coup pour ne pas louper sa cible : ses vieilles mains déformées par l'arthrite ont tendance à filer en biais, alors elle doit tordre l'épaule pour ne pas tout renverser.

– Alors Claudius, quoi de neuf ? demanda-t-elle en bourrant sa pipe avec une pincée de Caporal export.

En allumant le brûle-gueule, elle enflamma une mèche de sa perruque, comme à chaque fois, et l'éteignit d'un geste machinal en se collant un coup de torchon sur le crâne.

Je lui racontai ma journée d'hier, la naissance de Saïd, le fils de Mustapha, ma visite à l'hôpital. Elle aurait dû manifester sa joie, elle qui depuis le mois de janvier s'était acharnée à tricoter une brassière pour le marmot. Oh ! ce n'était pas une franche réussite, forcément. Je lui avais fourni la laine et les aiguilles, mais avec sa vue basse, ses doigts crochus et noueux comme des serres d'huissier sauvage, elle avait emberlificoté les fils, les mailles, les points, de telle sorte que la fameuse brassière ressemblait à un tee-shirt de punk sur lequel on aurait tiré à coups de chevrotine. Sans compter qu'elle s'était un peu gourrée dans les dimensions : le petit Saïd pouvait attendre une bonne vingtaine d'années avant d'enfiler l'engin. C'était le modèle camionneur-haltérophile, du point de vue taille ! Bref, ça n'avait pas d'importance : ce qui comptait, c'était l'intention.

Elle accueillit la nouvelle avec grande froideur.

– Mustapha ? Vous dites Mustapha ? Je connais pas de Mustapha, Claudius ! Aussi sec ! Un autre petit verre ? demanda-t-elle en bâillant.

Elle ne savait plus qui était Mustapha ! Là, vous pouvez me croire, j'ai senti les trois cheveux qui me restent sur le caillou se dresser à l'unisson. La duchesse Clothilde-Berthe pèse quarante kilos toute mouillée, son dentier mériterait un bon décalaminage, ses artères disjonctent à cause des courts-circuits, ses articulations auraient besoin d'un graissage, mais la tête carbure à plein pot, vous pouvez me croire, sinon je ne m'appelle plus Lapoigne ! A l'idée qu'elle puisse avoir du mou de veau dans le crâne, que sa cervelle tourne en eau de boudin, bref, qu'elle perde la mémoire, j'en avais déjà les larmes aux yeux.

– Ah ! ouiche, Claudius, c'est bien beau de parler, mais j'ai à faire..., dit-elle en se levant. Il ne faut plus venir m'enquiquiner, j'ai besoin de tranquillité ! Aussi sec ! Allez, ouste !

Elle se dirigea vers la porte et l'ouvrit pour m'inviter à la débarrasser de ma présence. Je n'osai protester. Elle qui d'habitude se met à piailler si je ne passe pas au moins une heure par jour dans sa loge à discuter le bout de gras, elle me chassait ! Moi, son… son seul ami, oui ! Moi qui l'ai tirée du pétrin à plus de cent reprises ! Tenez, pour ne prendre qu'un exemple, le jour où elle s'est retrouvée éjectée du grand huit, à la foire du Trône, pas plus tard que l'an dernier, qui a escaladé les poutrelles pour aller la récupérer sur les rails, suspendue au-dessus du vide par un fil de ses chaussettes ?

Et la fois où elle a failli mettre le feu à la *Joconde* en allumant sa pipe, qui a tenu à distance les gardiens du Louvre à coups d'extincteur ? Vous vous le demandez ? Le premier qui donne la bonne réponse a gagné un repas gastronomique mijoté par mon pote Bébert ! Ah ! ça, c'était trop raide !

Outré, je me levai, me dirigeai vers la porte et écrasai par mégarde un escargot évadé de la cage. La coquille craqua sous la semelle de ma sandale, je dérapai sur le filet de bave que la pauvre bête avait laissé sur son passage et, après un vol plané, j'atterris dans le couloir, sur les fesses !

J'entendis la porte de la loge claquer dans mon dos.

– Ah ! ouiche, ce Claudius, bon débarras ! ricanait la duchesse, à l'abri dans sa tanière. Pfft... un roturier ! Même pas un petit quartier de noblesse !

J'en restai pétrifié. Jamais on ne m'avait humilié de la sorte ! Moi, Claude Lapoigne ! Fin lettré tombé dans la cloche pour cause de chagrin d'amour, respecté dans la profession de Barbès à la porte de Vanves, des puces de Saint-Ouen au marché de Belleville, moi à qui les flics donnent du « Monsieur » dès que je fronce les sourcils, la duchesse Clothilde-Berthe de Muzard-Salsempouille me traitait comme un va-nu-pieds, un manant ! J'empoignai mon landau d'une main rageuse et descendis la rue Cuvier en chantant à tue-tête la chanson des sans-culottes !

Ah ! ça ira, ça ira, ça ira,
Les aristocrates à la lanterne,
Ah ! ça ira, ça ira, ça ira,
Les aristocrates, on les pendra !

J'en étais à rêver de révolution, de guillotine, d'incendie de château, pire encore, je me voyais déjà faire le siège de la loge de la rue Cuvier, avec mon fidèle compagnon Bébert, pour affamer la duchesse !

Chemin faisant, je me calmai. La colère s'apaisa d'elle-même, aussi vite qu'elle était venue. Cette vieille toquée de Clothilde-Berthe n'avait qu'à rester toute seule, elle pouvait me snober, après tout, ça ne me regardait plus. Depuis la mort de ma pauvre femme, j'ai appris à m'endurcir.

3

Curieuse rencontre chez la mère Gruche

De carrefour en carrefour, mes pas me ramenèrent à Belleville. J'entrai chez la mère Gruche, une épicerie-buvette de la rue de Tourtille, pour y acheter un savon de Marseille. Je comptais bien faire une petite lessive le lendemain, dans la cascade des Buttes-Chaumont. L'eau y est fraîche et coule en abondance. On peut y suspendre son linge et piquer un roupillon en laissant le jet agir à la façon d'une machine à laver dernier cri. Ainsi mes vêtements d'hiver auraient tout le temps de sécher dans mon landau en attendant le retour du mois de novembre.

Chez la mère Gruche, je rencontrai Arsène, agrippé au comptoir comme un phoque à son récif. Il pèse dans les cent cinquante kilos et personne ne se risque à lui chercher noise.

Arsène est un clochard comme on n'en fait plus. Il vit dans la rue depuis plus de quarante ans et connaît la musique, vous pouvez me faire confiance.

Le pauvre gars était catcheur, il a même remporté le championnat de France en 1948. Dans la poche de son pardessus, il garde toujours la coupure de *L'Équipe* où on célèbre sa victoire sur le Bourreau de Béthune, dans la catégorie milourds. Arsène a pris tellement de gnons qu'il a la tronche toute déformée, comme une pastèque qui serait passée sous un rouleau compresseur ! Une grosse balafre toute violacée lui fend le front avant d'aller se perdre dans sa joue droite, jusqu'au menton. Son œil gauche a déclaré forfait après un combat contre les Sauvages d'Athis-Mons, un quatuor de boxeurs qui l'avaient défié au combat à la loyale sur le ring du Cirque d'Hiver. Quant à ses dents, il n'en a plus beaucoup, après ce foutu jour où il s'est avisé de tirer un camion à la force de la mâchoire, avec un filin d'acier. Un jour qu'il vadrouillait au zoo de Vincennes, et qu'il s'était approché d'un peu trop près de la cage des panthères, il s'est fait arracher l'oreille droite d'un coup de croc. Je pourrais vous écrire un bouquin entier sur les malheurs d'Arsène, Arsène La Poisse, comme on le surnomme dans la cloche, mais je risque de lasser. Bref, ce type-là a une tête à foutre la trouille à

Schwarzenegger et aux dinosaures de Jurassic Park réunis !

Dès qu'il me vit entrer dans la boutique de la mère Gruche, il cogna sur le comptoir et m'accueillit avec un cri de joie qui évoquait un symposium de lions en vadrouille dans la savane, au moment précis où le buffle se fait une entorse à la cheville. Arsène est très gentil, généreux, mais pas très malin. Les gnons qu'il a pris durant toute sa carrière de lutteur lui ont ramolli le cerveau, forcément.

– Lapoigne, t'es mon invité ; justement, je te cherchais ! s'écria-t-il. Mère Gruche, un verre pour Claudius !

La brave femme me servit un ballon de rouge. Arsène en avait déjà éclusé quelques-uns et tanguait ferme sur ses jambes, pourtant solides comme des pylônes.

– Qu'y a-t-il pour ton service ? lui demandai-je.

– Une lettre à écrire…, bredouilla-t-il, un rien honteux. Tu sais bien que je peux plus trop.

Sa main droite est en effet passée sous la roue d'un métro, un soir qu'il a sauté sur la voie pour sauver une jeune fille qui voulait se suicider. Il a réussi à tirer la donzelle hors des rails mais y a sacrifié sa paluche ! Depuis il porte un crochet en ferraille, comme le capitaine de *Peter Pan*, sauf que lui, c'est pas un dessin animé. Brave Arsène, des gars comme ça, vous en trouvez à la pelle, dans la cloche, il ne faut pas croire !

Bref, il voulait que je lui vienne en aide. Je ne sais pas si je vous l'ai déjà dit, mais je gagne ma vie en faisant l'écrivain public. De nos jours, sans compter ce pauvre Arsène, des tas de gens se trouvent bien en peine de rédiger leur courrier, ce qui demande beaucoup de savoir-faire, et ce boulot-là est tout à fait dans les cordes de Claude Lapoigne, Claudius Lapoignus pour les intimes ! J'ai une clientèle très variée mais fidèle, des amis de Mustapha ou de M. Soussou qui ont sans arrêt des tas d'ennuis avec les impôts, les H.L.M. ou le vautour du coin de la rue.

Je dérangeai Totor qui roupillait au fond de mon landau, et déballai mon nécessaire à écrire, stylo-plume, carnet et buvard, le tout soigneusement enveloppé dans une pochette de plastique de chez Tati, le célèbre magasin de confection à la mode. J'essuyai le comptoir de la mère Gruche d'un revers de manche et y disposai mon attirail, paré à me mettre à l'ouvrage.

– Je t'écoute, Arsène ! dis-je, après m'être humecté le gosier d'une petite lichée de vin rouge bien frais, comme seule ma mère Gruche sait le servir.

– Voilà, Claudius, me dit-il, faut joindre un notaire à Vitry-sous-Sénart, rapport à une bicoque, oh !

juste un petit cabanon pas plus grand qu'un mouchoir de poche, que j'envisage, hum, d'acquérir…

Arsène, acheter une maison ? Ah ! ça, c'était encore plus fortiche que la duchesse de Muzard-Salsempouille qui s'était permis de me virer de chez elle comme un malpropre ! Décidément, c'était le jour des surprises. Ils étaient tous devenus fous, ma parole ! Arsène traînait derrière lui quarante ans de cloche, et les quelques sous qu'il gagnait, c'était rapport à son physique ingrat : un de ses copains, forain à la foire de Trône, l'embauchait comme monstre intermittent, dans son stand de train-fantôme. Dans le noir, Arsène faisait des grimaces horribles devant les gamins ou les familles qui prenaient place sur les wagonnets. Il leur collait une sacrée pétoche, et tout ça sans frais de maquillage, sans masque, simplement parce que ses confrères les catcheurs lui avaient esquinté le minois à force de lui taper dessus. Arsène propriétaire, décidément, c'était la meilleure ! A mon regard, il devina que je ne croyais pas un mot de ce qu'il me racontait.

– Je te jure, Claudius, c'est terminé, la débine, j'ai décroché un boulot en or, mieux que la foire du Trône ! Des biftons* comme s'il en pleuvait, et ça va me remettre à flot : ce cabanon, à Vitry-

* Bifton, n. m. : billet de banque. Aujourd'hui, on dit « la thune ».

sous-Sénart, près de la forêt, c'est comme qui dirait dans la poche ! C'est juste une baraque en bois, avec un petit bout de jardin, mais je m'en contenterai.

Après tout, ça ne me regardait pas s'il était si naïf. Je renonçai même à le questionner pour connaître la teneur exacte du boulot qu'il avait dégotté. Sous sa dictée, je rédigeai la missive destinée au notaire, l'informant des intentions d'Arsène. Il la relut, y apposa sa signature de la main gauche, un gros pâté maladroit. Avec sa force, il m'avait bousillé la plume de mon stylo mais je fis mine de n'avoir rien remarqué. Je cachetai l'enveloppe et la confiai à la mère Gruche pour qu'elle la poste.

– Faut fêter ça, remettez une tournée ! beugla Arsène, d'une voix tonitruante.

Il me tendit un billet de deux cents francs, en guise de salaire. Je faillis refuser, mais ça l'aurait vexé. La moitié m'aurait bien suffi, j'avais un peu honte de gruger* ce gars-là, de me rendre en quelque sorte complice de l'illusion qui l'amenait à s'imaginer qu'il pouvait devenir propriétaire foncier : son histoire de notaire, c'était de la blague ! Du vent ! A plein nez, ça puait l'escroquerie ! Le pauvre Arsène allait encore se retrouver sur le

* Gruger, v. : rouler, arnaquer, taxer, si vous préférez !

tapis, sonné, K.O., comme au temps où il jouait les caïds et roulait ses biscoteaux sur le ring.

Mais avec la déconvenue que j'avais essuyée auprès de la mère Muzard, je n'étais guère d'humeur à m'apitoyer sur le sort de mes semblables. Quand vous vivez dans la cloche, au jour le jour, comme votre serviteur Lapoigne, il y a des moments où vous pensez tant pis, demain sera un autre jour et *Inch Allah* comme dirait Mustapha.

Arsène sortit de chez la mère Gruche, avec sur l'épaule l'énorme baluchon qui ne le quitte jamais. Il n'a jamais pu se résoudre à acquérir un véhicule digne de ce nom, comme moi mon landau ou Bébert son Caddie : il trimballe ses maigres biens dans un sac de marin. A chacun ses habitudes, ses manies, tout ça n'est pas bien grave. Je passai quelques minutes à tailler une bavette avec la mère Gruche, puis, à mon tour, sortis au-dehors.

Il faisait noir et le ciel était vierge du moindre nuage. Après quelques pas, je me retrouvai dans la rue de Belleville, et contemplai, rêveur, les enseignes électriques des restaurants chinois, qui alignaient leurs dragons crachant le feu dans la nuit étoilée. Alors que je m'apprêtais à filer jusqu'aux Buttes-Chaumont pour y passer la nuit, je m'immobilisai, stupéfait. Un peu plus haut, Arsène attendait sur le bord du trottoir, les bras ballants. Une Bentley blanche vint se garer le long du trottoir ! L'ex-terreur des salles de catch y monta… Le chauffeur en livrée, le zigue que j'avais vu le matin même devant la loge de la duchesse de Muzard-Salsempouille, enfourna son sac de marin dans le coffre de la voiture ! De plus en plus fort : ce larbin traitait Arsène comme un milord ! Arsène prit place à bord, et la Bentley démarra. J'en restai comme deux ronds de flan sur mon trottoir.

Du coup, au lieu d'aller roupiller dans les bosquets des Buttes-Chaumont, je retournai dare-dare fouiner du côté de la rue Cuvier. Quand j'y arrivai, il était déjà vingt-deux heures passées. La mère Muzard n'était pas dans sa loge. Je m'y attendais. Comme la veille, je passai la nuit en faction sur le banc, en face du numéro 8 et, au petit matin, j'entendis le doux ronronnement du moteur de la Bentley qui vint déposer ma copine devant chez elle. L'homme au frac et chapeau haut-de-forme lui fit un baise-main avant de disparaître : ça commençait à devenir une habitude.

Je n'avais nullement l'intention d'aller rendre visite à la duchesse, pour qu'elle me chasse comme un malotru, comme elle l'avait fait la veille ! Entre elle et moi, c'était fini et bien fini ! Mais l'histoire que m'avait racontée Arsène, ce

mystérieux travail qu'il avait déniché et grâce auquel il allait être plein aux as, ses relations avec le propriétaire de la Bentley, sans compter les vadrouilles nocturnes de Clothilde-Berthe de Muzard-Salsempouille dans la même Bentley, tout ce pataquès m'intriguait au plus haut point.

J'ai bien des défauts, je suis mauvais coucheur*, susceptible, grognon, et surtout paresseux ! Quoique à bien y regarder, la paresse n'est pas vraiment un défaut, si vous voulez mon avis. Si les hommes n'avaient pas été aussi flemmards, ils seraient tout bonnement restés des singes, croyez-moi. C'est bien parce qu'ils en ont eu marre et plus que marre de trimballer sur leur dos les quartiers de viande qu'il fallait planquer au fond de leur grotte qu'un beau jour ils ont inventé la roue. C'était plus pratique et ça évitait les lumbagos ! Et tout le reste en découle. Nos ancêtres auraient passé leur vie à courir derrière les zébus dans la savane pour les assommer à coups de massue, c'était plus simple, non ? Seulement voilà, avec un arc, ils n'avaient plus qu'à attendre sous les branches d'un arbre, à l'ombre, peinards, que le steak passe à portée de flèche pour s'en découper une bonne tranche. Ah ! oui, foi de Lapoigne, c'est à la paresse qu'on

* Mauvais coucheur : individu auprès duquel il ne fait pas bon dormir.

doit le progrès, ne croyez surtout pas ceux qui prétendent le contraire, les dingues du boulot. Bref, tout ça pour vous dire que je suis un sacré cossard* et que je fuis tout ce qui peut ressembler, même de très loin, à une corvée. Mon plus gros défaut, celui que je porte en étendard comme un ancien combattant son drapeau le jour du 14 Juillet, c'est la cu-rio-si-té ! Elle m'a valu bien des ennuis, et parfois aussi quelques joies. Je me suis habitué à elle, inutile de lutter contre.

J'étais donc là, sur mon banc, rue Cuvier, circonspect mais décidé à en savoir plus. Vers dix heures du matin, je vis la mère Muzard sortir de chez elle. Elle avait enfilé son « jogging », un vieux pyjama de son mari qu'elle a teinté en rouge à l'aide de jus de betterave (le pyjama, pas le mari...). D'un bond, je me planquai derrière les poubelles que les éboueurs avaient abandonnées, vides, sur le trottoir. La duchesse Clothilde-Berthe fit le tour du pâté de maisons en furetant à droite, à gauche, et je lui emboîtai le pas, à distance. Je ne risquais pas grand-chose, elle ne pouvait pas me voir, tellement elle est bigleuse, mais je me méfiais. Elle cherchait quelque chose, ou plutôt quelqu'un : je le compris à sa façon de dévisager les passants jusque sous le nez.

* Cossard, adj. : après tout ce que Lapoigne vient de dire, vous avez sûrement compris ce mot.

Quand elle passa devant la boucherie du coin de la rue Cuvier, le commis l'apostropha :

– Alors, madame la duchesse, lui cria-t-il, on se promène ? On profite du soleil ?

– Vous n'auriez pas vu Claudius, vous savez, le vagabond ? lui demanda-t-elle. Très négligé de sa personne ?

J'eus tout juste le temps de m'aplatir derrière un camion de livraison garé tout près de là. Le « vagabond », « très négligé de sa personne », moi, son ami ! Elle pouvait la ramener la mère Muzard, avec son pyjama peinturluré au jus de betterave !

– Eh non, répondit le commis, pas de Claudius ce matin, mais si je le croise, je lui dirai que vous le cherchez !

– Surtout pas ! couina la mère Muzard en pointant son index tout vermoulu vers le tablier sanguinolent du commis boucher. Je ne veux plus le voir ! Je ne fréquente plus cette engeance !

Elle s'éloigna en trottinant et revint vers sa loge en agitant le cou de droite à gauche comme une poule à la recherche d'un ver à boulotter. « Cette engeance » ! Non mais je vous demande un peu ! J'en avais comme des frissons ! C'était clair, elle redoutait ma présence, et avait donc quelque chose à me cacher…

Je filai rue Mouffetard, au marché, certain d'y trouver Nénesse et Dudule, des copains de la cloche, qui y ont leurs habitudes. Ils donnent un coup de main aux camelots pour déballer la marchandise en échange de quelques pièces, ou glanent les légumes abandonnés sur le bitume à la fin de la matinée pour s'en faire une soupe. Nénesse et Dudule… Ah ! je les aime bien ces deux inséparables ! Un de ces jours, il faudra que je vous raconte leurs aventures, en prenant le temps. Des types réguliers, qui jouissent d'une excellente réputation dans la confrérie de la cloche. Ce sont des frères jumeaux et ils se ressemblent autant l'un l'autre que deux moitiés d'un camembert qu'un couteau vient de séparer ! Autrefois, figurez-vous qu'ils étaient notaires, mais comme ce sont des gars honnêtes, ils ont rapidement fait faillite, fatalement. Si bien qu'ils se sont retrouvés à la rue. La seule richesse de Nénesse, c'est Dudule, et la seule richesse de Dudule, c'est Nénesse, pardi !

La mère Muzard ne les connaissait pas, aussi pus-je leur confier un travail ultraconfidentiel : lui filer le train dès qu'elle pointerait la verrue qui lui orne le bout du nez hors de sa loge ! Je les attendrais en fin de matinée près du pont Marie, le quartier général de mon pote Bébert, pour qu'ils me rendent compte de la situation.

4
«Inspecteur Bébert!»

Nous étions là, à nous tremper les pieds dans l'eau de la Seine, Bébert et moi, à parler d'Arsène. Ni lui ni moi ne comprenions comment Arsène avait pu gagner de l'argent au point de vouloir acheter une maison. A midi tapante, Dudule dévala l'escalier qui menait au quai, tout essoufflé. Il esquissa un vague salut militaire.

– Mission accomplie, Claudius ! s'écria-t-il. Ta copine est sortie de chez elle à dix heures, avec une armure dans un sac à dos ! ou plus exactement une moitié d'armure ! Le haut, si tu vois le topo ?

Une armure ? Je voyais, en effet. Il ne pouvait s'agir que de celle de son ancêtre le grand-duc Abélard, le héros de la bataille de Marignan !

– Elle s'est rendue près de la Bastille, chez un

antiquaire, un certain Rabougnac, et est aussitôt rentrée chez elle ! reprit Dudule. Même qu'elle semblait pressée. A onze heures, rebelote avec le reste de l'armure, les jambes, si tu vois le topo ? Là, chez l'antiquaire Rabougnac, elle a palpé un sacré paquet de billets.

– Elle a ven… vendu l'armure de son ancêtre ? bégayai-je, stupéfait.

– M'est avis que c'est bien ce qui s'est passé, si tu vois le topo ! confirma Dudule. Nénesse monte la garde devant sa loge. La suite des opérations ?

Je lui demandai de continuer la surveillance. Dudule remonta les escaliers. Je restais sans voix. La mère Muzard n'était donc pas toquée. Primo, elle s'était assurée que je ne traînais pas dans les parages, secundo, elle avait prémédité cet acte insensé : l'armure de l'ancêtre, elle y tient par-dessus tout, c'est un véritable trésor. Il faut la voir l'astiquer au Mir Laine des heures durant en racontant la saga de la lignée des Muzard-Salsempouille ! Des costauds qui ont bataillé aux côtés de tous les rois de France et qui, le reste du temps, faisaient ripaille dans leur château à lutiner les damoiselles ! La mère Muzard, vendre l'armure ? Allons donc ! A de nombreuses reprises, des spécialistes sont venus la voir d'un peu partout dans le monde pour tenter de la lui acheter, mais elle les a toujours mis à la porte à coups de balai. Et pourtant Dudule n'avait pas l'habitude de raconter des bobards. Il avait vu le topo.

– Y a quelque chose de pas clair..., grogna Bébert. Ce Rabougnac, c'est un escroc ; il y a une dizaine d'années de ça, il a été suspecté pour l'histoire des tableaux volés à la galerie Duissambert. Il s'en est tiré de justesse. Je suis persuadé qu'il était dans le coup ! Pas de preuves, pas de condamnation, mon vieux Claudius, c'est toujours la même chose, bernique, macache, et tout l'toutim !

Bébert est un type précieux. Avant de devenir clochard, il était reporter dans un grand magazine et enquêtait sur les affaires louches. C'était un journaliste célèbre, dont je tairai le nom puisqu'il m'a interdit de le citer. Depuis, il suit l'actualité de loin mais, foi de Lapoigne, il en sait bien plus long que certains zigotos qui font les marioles à la télévision.

– La première chose à faire, me dit-il, c'est récupérer l'armure ! La duchesse a dû se faire plumer ! Comme j'te l'dis, Claudius !

J'étais bien d'accord, mais je n'avais aucune idée sur la façon de m'y prendre. Bébert me posa la main sur l'épaule.

– Claudius, me dit-il, si t'acceptes mon aide, je te l'offre !

Je me sentis ragaillardi. Avec un lascar tel que Bébert à mes côtés, j'aurais défié le monde entier.

– Bouge pas ! me dit-il.

Je le vis s'éloigner le long du quai de Bourbon, en sifflotant. Soudain il s'arrêta près des piles du pont Marie, sortit un couteau de sa poche et entreprit de desceller un moellon aux jointures recouvertes de mousse. Il fit pivoter la pierre dans sa loge et plongea le bras à l'intérieur du trou.

Bébert est un gars astucieux. Des planques telles que celle-là, il en a à la pelle, tout le long de la Seine, entre le pont Marie et la pointe de l'île Saint-Louis, son domaine réservé comme je vous l'ai déjà dit. C'est bien connu dans la cloche, personne n'oserait le lui disputer. Il remit discrètement la pierre en place et revint vers moi pour me montrer une carte barrée de tricolore. Il y avait sa photo sur le document ! J'en restai la bouche ouverte.

– Ferme le bec, y a des mouches dans les parages, ricana-t-il. Tu vois, ça date du temps où je bossais au journal ! Des fois, fallait bien que je me fasse passer pour un flic, histoire d'avoir des tuyaux, tu piges ?

Il fourra la carte dans la poche de son pardessus et me prit le bras. Je garai mon landau près de son Caddie et confiai à mon Totor le soin de veiller dessus. D'un pas gaillard, nous nous rendîmes à la Bastille.

– Tu me laisses opérer ; et tu la boucles ! me dit-il

en poussant la porte de la boutique de l'antiquaire Rabougnac.

Je l'y suivis, les jambes flageolantes. Deux clients étaient occupés à examiner une statuette chinoise en compagnie du maître des lieux, Rabougnac en personne, un type entre deux âges, avec une tête de fouine et des yeux globuleux. Ce genre de gars, si vous leur serrez la main, mieux vaut compter vos doigts avant, des fois qu'il vous en fauche un au passage, ni vu ni connu, je t'embrouille.

Rabougnac nous dévisagea, Bébert et moi, d'un œil plutôt mauvais.

– Je ne fais pas la mendicité ! Dehors ! se mit-il à glapir.

Les deux clients se bouchèrent le nez et déguerpirent en poussant des petits cris effarouchés.

– On se calme, môssieur Rabougnac ! s'écria Bébert en fourrant sa fausse carte de flic sous le nez de l'antiquaire. J'me présente : inspecteur Bernardin, et mon adjoint Lapoigne, excusez notre tenue, mais on est là incognito ! C'est comme qui dirait un genre de camouflage !

La simple vue du liseré bleu blanc rouge suffit à calmer Rabougnac. C'était bien la première fois de ma vie qu'on me prenait pour un flic, et ça me fit une drôle d'impression. Bébert tournait en rond dans la boutique, tripotait un bibelot par-ci, une assiette par-là, en poussant des petits « hon-hon, je vois, je vois ».

– Dites donc, monsieur Rabougnac, reprit-il après avoir bâillé, mon collègue Lapoigne et moi-même sommes à la recherche d'une armure, pas une imitation, une vraie, n'est-ce pas, une armure *made in médiéval*, si vous me suivez…

– Il n'y a pas d'armure ici ! couina Rabougnac.

– Étrange, poursuivit Bébert, d'après les renseignements qu'a pu obtenir mon collègue Lapoigne, vous en avez acquis une pas plus tard que ce matin !

Rabougnac blêmit et ses mains se mirent à trembler. Bébert lui enfonça son pouce dans le ventre.

– Allez, Rabougnac, pas la peine de tourner autour du pot ! Vous vous souvenez de cette histoire de tableaux volés, il y a une dizaine d'années de ça ? La galerie Duissambert, faut vous rafraîchir la mémoire ? A l'époque, j'aurais pu vous faire coffrer !

Bébert ne manquait pas de culot, mais ce mensonge fut des plus efficaces. Cette fois, l'antiquaire tourna carrément de l'œil. Bébert le récupéra au vol avant qu'il ne s'allonge sur le parquet. A son signal, je poussai la porte de l'arrière-boutique. L'armure du duc Abélard de Salsempouille reposait en pièces détachées dans un grand panier d'osier. Je tirai celui-ci jusqu'à la porte de la boutique.

De ses grosses mains couvertes d'engelures et de taches de cambouis, Bébert pinçait délicatement Rabougnac pour qu'il se réveille. Les paluches de Bébert, c'est pas de la roupie de sansonnet, vous pouvez me croire, foi de Lapoigne, Lapoignus pour les intimes ! Il pourrait assommer un bœuf d'une simple paire de claques, mais il ne faut pas s'y fier, ses gros doigts sont aussi habiles dans les tâches délicates, comme faire céder une serrure par exemple… Assis dans un fauteuil, Rabougnac ouvrit un œil, puis l'autre. Il poussa un petit cri en voyant Bébert penché au-dessus de lui.

– On passe l'éponge pour cette fois…, murmura mon pote, mais c'est la dernière. A la prochaine entourloupe, je ressors le dossier des tableaux de la galerie Duissambert, pigé ?

– Com… compris ! s'écria Rabougnac.

J'étais déjà sur le trottoir. Avant de refermer la porte pour m'y rejoindre, Bébert s'adressa une dernière fois à l'antiquaire.

– Tout ça reste entre nous, alors motus et bouche cousue ! lui dit-il. La discrétion est de rigueur ! Bernique, macache et tout l'toutim ! Bien le bonsoir !

J'avais une sacrée envie de rigoler, mais ce n'était guère le moment. Tenant chacun une des poignées du panier d'osier, nous nous sommes éloignés de la boutique au pas de charge, Bébert et moi, avant que, dans la cervelle de Rabougnac, le doute ne s'installe.

Il n'était pas question de retourner chez la mère Muzard avec notre fardeau, et pourtant il fallait bien trouver une planque pour y déposer l'armure en kit ! Je pensai immédiatement à M. Soussou, qui ne me refuse jamais un service. C'est le plus serviable des hommes. A Belleville, il habite un grand appartement dans une maison qui va bientôt être démolie. L'endroit rêvé pour se débarrasser du colis.

Nous y arrivâmes, fourbus, une demi-heure plus tard, avec notre colis. M. Soussou nous accueillit à bras ouverts. En quelques mots, je lui expliquai ce que j'attendais de lui et lui jurai que l'armure n'avait pas été volée, mais bien au contraire arrachée des mains d'un voleur !

– Je te cwois sur pawole, noble Lapoigne ! m'assura M. Soussou.

Quelque chose clochait. Lui d'ordinaire si enjoué, tournait autour du panier d'osier, l'air inquiet. Il apposa ses mains sur le couvercle et ferma les yeux.

– Je vois des espwits wôder autouw de cette awmuwe ! murmura-t-il, d'une voix lugubre. De bien mauvais espwits ! Ils wôdent, en véwité !

– Ah ! oui ? rigola Bébert. Des esprits qui rôdent ? Des fantômes en quelque sorte ? Moi, j'y crois pas ! Vampires, spectres, génies ou lutins, si je vous suis, monsieur Soussou ? Des histoires à dormir debout ! Bernique, macache et tout l'toutim !

M. Soussou, dans sa grande sagesse, ne s'offusqua pas de l'incrédulité de Bébert. Je ne croyais pas non plus aux « esprits », mais je savais que M. Soussou fait parfois preuve d'étonnantes intuitions. Et je commençais à entrevoir que l'armure du duc Abélard de Salsempouille allait nous coller dans un sacré pétrin. Je n'avais pas tort, foi de Lapoigne !

5
Au Père-Lachaise

Sitôt après avoir confié notre précieux colis à M. Soussou, nous rejoignîmes au triple galop les abords du pont Marie, pour prendre connaissance des nouvelles de l'équipe Nénesse-Dudule. C'est Nénesse qui cette fois était venu au rapport, et nous attendait en battant la semelle.

– Alors, la duchesse, quoi de neuf ? lui demandai-je, tandis que Totor bondissait hors de mon landau pour me faire la fête.

Il était tellement heureux de me revoir que ce fut plus fort que lui : il m'expédia un de ces petits pets de joie dont il a le secret. Heureusement, une bourrasque de vent vint vite balayer la puanteur.

– Ta rombière a quitté sa loge en début d'après-midi, m'apprit Nénesse. Elle a pris tout droit la direction du Père-Lachaise ! On l'a filée avec mon frérot, et je suis venu vite fait ici pour t'avertir...

– Du Père-Lachaise ? répétai-je, abasourdi.

Je savais que son mari n'était pas enterré là-bas, mais dans l'Indre-et-Garonne, au cimetière de Salsempouille, en compagnie de tous leurs ancêtres, à l'exception de l'amiral Gontran-Frédéric, le fougueux corsaire, l'ami de Surcouf, qui bascula par-dessus bord une nuit de grande tempête dans la mer des Sargasses et mourut dévoré par les requins...

Je restai là, les bras ballants, sans trop savoir que faire.

– Le Père-Lachaise ? On y va au pas de course ! lança Bébert. Comme j'te l'dis, Claudius !

Mon pote, c'est le genre de gars, une fois lancé dans l'action, il n'y a plus moyen de l'arrêter. Il escaladait déjà les marches de l'escalier reliant le quai d'Anjou au pont Marie, entraînant Nénesse à sa suite. C'était un peu bête, parce que d'ici à ce qu'on arrive jusqu'au cimetière, la mère Muzard avait tout le temps de réintégrer sa loge de la rue Cuvier. Un jour, je vous dessinerai un plan pour que vous compreniez. Paris, c'est tout petit, finalement, mais dès qu'on commence à y traîner ses galoches, on n'en finit plus d'enchaîner une rue à une autre, un carrefour à un boulevard, une place à un square, et ça finit par prendre des heures. Bref, c'est Paname la plus belle ville du monde, décidément, je ne le dirai jamais assez.

Je galopais sur le pont Marie, à la poursuite de Bébert et de Nénesse, quand soudain un puissant klaxon retentit derrière moi. Je me retournai d'un bloc, prêt à remonter les bretelles du chauffard ; les énervés du volant, c'est une espèce à laquelle je frictionne volontiers l'arrière-train à grands coups de savate, foi de Lapoigne ! Un camion longeait la chaussée. Un camion aussi cabossé que l'armure de l'ancêtre de la duchesse ! La carrosserie était ornée de masques de théâtre, Arlequin, Pantalone, Géronte, qui dansaient la sarabande en se donnant la main.

– Alors, m'sieur Lapoignus, toujours en vadrouille ? lança la voix du conducteur.

J'eus un moment d'absence. Cette voix, cette voix, bon sang de bon sang, Dieu sait si elle m'était familière !

– Hé, m'sieur Lapoignus, vous vous souv'nez ?

Petruzzi, c'était Petruzzi, un de mes anciens élèves ! Le plus nul ! L'affreux Petruzzi, qui enduisait ma chaise de colle ou y plantait des punaises avant chaque cours de latin ! Le cancre Petruzzi accroché à son radiateur, au fond de la classe, toujours à me bombarder de grains de riz à l'aide d'une sarbacane ! Petruzzi aux doigts perpétuellement barbouillés d'encre, Petruzzi à qui j'ai tiré les oreilles si souvent, Petruzzi qui un jour pleura sur mon épaule parce que ses parents divorçaient et qu'ils ne se souciaient plus de lui, trop occupés par leurs chamailleries, ces andouilles. Il avait tellement de chagrin qu'il avait fait une fugue et qu'on l'avait recueilli chez nous, ma pauvre femme et moi.

– Tu parles si je me souviens de toi, salopiau ! lui lançai-je, dans un grand éclat de rire.

Il avait fait son petit bonhomme de chemin, Petruzzi. Il travaillait dans le théâtre, avec toute une compagnie de rigolos comme lui, toujours à vadrouiller. Pour l'heure, je ne songeais guère au passé. D'un bond, je m'assis à ses côtés, dans la cabine du camion, disposé à bénir le hasard qui avait jeté ce chenapan sur mes pas.

– Accélère ! lui dis-je.

Il écrasa le champignon, enfila la rue des Nonnains-d'Hyères et bientôt nous doublâmes Bébert et Nénesse, qui couraient à petites foulées en direction de Saint-Paul.

– Grimpez à l'arrière ! leur criai-je. Petruzzi, tu fonces jusqu'au Père-Lachaise !

– A votre service, m'sieur Lapoignus ! me répondit-il, alors que mes deux acolytes escaladaient la ridelle du camion. Vous êtes dans les ennuis ?

– Pas exactement, mais une amie, peut-être…

– Si je peux rendre service, vous savez que vous pouvez compter sur moi !

Le sourire de Petruzzi me mit du baume au cœur. J'en avais connu, des morveux dans son genre, et Dieu sait ce qu'ils étaient devenus ? Experts-comptables, fonctionnaires, épiciers ? Des centaines, des centaines… Seulement voilà, pile à l'instant où j'avais besoin d'aide, c'était Petruzzi qui croisait ma route avec son camion. Petruzzi, le garnement ! La vie est pleine de malice, de surprise, et c'est bien à cause de ça que je suis décidé à aller jusqu'au bout du chemin, foi de Lapoigne, Lapoignus pour les intimes.

En moins de temps qu'il ne faut pour le dire, Petruzzi nous déposa, Bébert, Nénesse et moi, devant la grande entrée du Père-Lachaise. Mon ancien élève griffonna sur un ticket de métro le numéro de téléphone de l'hôtel où on pouvait le joindre.

– Vraiment, m'sieur Lapoignus, me dit-il, vous hésitez pas, je vous donnerai un coup de main de bon cœur. Je pars en tournée avec ma troupe dans trois jours, mais d'ici là, je suis disponible.

J'empochai le ticket, et galopai à la poursuite de Bébert et Nénesse, qui remontaient la grande allée du cimetière. Je ne sais pas si vous connaissez le Père-Lachaise, mais je dois vous dire qu'il s'agit d'un des plus charmants endroits de Paris. Évidemment, c'est un cimetière, et les cimetières, d'habitude, c'est plutôt triste. Mais celui-là est si tarabiscoté, avec ses collines et ses sous-bois, ses monuments baroques, ses allées pavées et fleuries, ses greffiers* qui y vivent en pagaille, ses poètes qui viennent y chercher l'inspiration au calme, qu'on lui pardonne d'être ce qu'il est. Et puis il y a tellement de gens célèbres qui sont enterrés là que c'est presque un musée… Bref, je n'ai pas l'intention de vous rédiger un guide : j'étais à la poursuite de la mère Muzard et ça urgeait ! Le Père-Lachaise est très vaste, on peut facilement s'y perdre et c'est sacrément coton de retrouver quelqu'un dans le dédale de ses sentiers si on n'a pas une vague idée du secteur où il se trouve ! Autant chercher une aiguille dans une botte de foin, avec des gants de boxe et les yeux bandés.

C'était compter sans Nénesse et Dudule. Comme tous les vrais jumeaux, ils possèdent un don très curieux : si par hasard on les sépare, l'un saura toujours se diriger vers l'autre, à la manière d'un morceau de ferraille attiré par un aimant. Bébert et moi, on regardait Nénesse qui restait planté au beau milieu de la grande allée, le nez au vent.

– Par là ! dit-il en montrant la direction du nord.

* Greffier, n. m. : chat, matou.

Il grimpa un escalier, traversa un carrefour. tourna une fois à gauche, une autre à droite, à toute allure, et rebelote. Nous lui courions après, Bébert et moi, sans chercher à discuter. Il s'arrêta soudain devant une grande tombe surmontée d'une chapelle, un véritable palace pour macchabée* ! Il pointait le doigt en direction d'un bosquet où son frangin Dudule s'était planqué. Nous l'y rejoignîmes sur la pointe des pieds.

– Silence ! La duchesse est là-bas ! chuchota Dudule.

En écartant les branchages, en effet, je l'aperçus. Elle se tenait face à un curieux monument, une sorte de dolmen de grosses pierres noires sous lequel se dressait un buste de bronze, celui d'un homme dont elle caressait la joue. Il y avait des tas de fleurs, et la mère Muzard psalmodiait une drôle de ritournelle en compagnie d'autres mémés, qui, chacune à son tour, caressaient la joue du bonhomme. Je poussai un profond soupir. Ainsi donc, c'était ça !

Je ne sais pas si vous avez entendu parler du spiritisme, vous savez, ces rigolos qui se réunissent autour d'un guéridon en se tenant par la main pour parler aux fantômes ? Au début du siècle, c'était la grande mode. Et l'homme au buste de bronze,

* Macchabée, n. m. : dans l'argot des médecins, brr… un mort.

c'était Allan Kardec, un illuminé, celui-là même qui mit au goût du jour cette sorte de religion.

Il faut un maître de cérémonie aux pouvoirs particuliers et pour ainsi dire magiques ! On l'appelle le « médium ». Seul le médium est capable de conduire le « fluide » auquel les esprits sont sensibles. Réunis en cercle autour d'un guéridon, les participants demandent alors : « Esprit, es-tu là ? » Si « l'esprit » n'est pas parti en vacances chez sa cousine ou à la pêche aux moules, il se met à taper sur le guéridon, histoire de se manifester. Parfois même, si « l'esprit » est vraiment de bonne humeur, il fait tourner le guéridon ou le soulève un petit coup, pour remercier la compagnie.

Depuis bien longtemps, les illusionnistes de cirque, tout comme les prestidigitateurs de music-hall, ont utilisé le truc pour épater leurs spectateurs. Mais il y a encore des tas de gens qui croient dur comme fer qu'ils entrent bien en communication avec les fantômes. Après tout, si ça les amuse, ils ne font de mal à personne…

– Ta copine est vraiment devenue toquée, soupira Bébert. Nous faire cavaler comme des dératés, tout ça pour une histoire de fantôme…

Je lui ordonnai de se taire. Nous ne l'avions pas aperçu jusqu'à présent parce que le monument d'Allan Kardec le dissimulait à nos regards, mais le personnage en frac et haut-de-forme que j'avais vu sortir de la Bentley était présent lui aussi. Il donnait le bras à une dame assez âgée, mais tout de même pas aussi rouillée que cette pauvre Clothilde-Berthe. Elle portait une robe très élégante, des escarpins vernis et un chapeau à voilette de tulle noir. Elle serra cérémonieusement la main de la mère Muzard, et s'éloigna en compagnie de l'homme au chapeau haut-de-forme vers la sortie nord du Père-Lachaise. Ma copine s'en alla elle aussi, mais dans l'autre direction.

– Nénesse et Dudule, vous ne lâchez pas la mère Muzard ! ordonnai-je. Bébert et moi, on va s'occuper des deux autres !

C'était un jeu d'enfant de se faufiler parmi les tombes sans qu'ils nous voient. De plus, ils n'avaient aucune raison de se méfier de deux clodos en vadrouille. Bébert et moi, on passait pour ainsi dire inaperçus ! Ils marchèrent quelques dizaines de mètres, bras dessus, bras dessous, jusqu'à la place Gambetta. Comme je le redoutais, la Bentley était garée tout près de là, et le chauffeur patientait au volant. Aïe, aïe, aïe, ils allaient nous échapper ! J'aurais bien voulu que ce garnement de Petruzzi soit encore présent avec son camion ! Mais l'homme au frac et haut-de-forme, contrairement à ce que je craignais, entraîna sa compagne à la terrasse d'un café. Il faisait beau et quelques consommateurs sirotaient une bière au soleil.

Ils s'assirent un peu à l'écart.

– Allez, viens, me dit Bébert, c'est pas le moment de se tourner les pouces !

Il m'entraîna à sa suite vers la brasserie, et s'assit à une table voisine de celle du couple ! Notre arrivée provoqua quelques regards curieux parmi les clients, mais ni l'homme au frac ni sa compagne ne s'émurent de notre présence. Ils étaient bien trop absorbés par leur discussion, dont nous percevions quelques bribes. Bébert commanda deux blancs secs au loufiat*, qui venait de leur servir une bouteille de champagne dans un seau empli de glaçons.

– Perrrmettez, trrrès chèrrre amie, qu'Anatoly Vlassemkine, votrrre dévoué serrrviteurrr, emplisse votrrre coupe ! s'écria l'homme au haut-de-forme en saisissant la bouteille.

Ainsi donc il s'appelait Vlassemkine ! Il parlait avec un accent russe si marqué qu'on avait peine à le suivre.

– Ah ! monsieur, vous me redonnez espoir ! J'ai vu de nombreux médiums avant de vous rencontrer, mais aucun ne m'a permis d'entrer en communication avec mon défunt mari ! répondit la femme, dont il avait saisi la main dans un geste d'une grande sollicitude.

* Loufiat, n. m. : serveur dans les cafés… Plus personne n'emploie ce mot. Sauf Lapoigne.

Bébert et moi, nous ouvrions nos oreilles si grand que j'avais l'impression de sentir les miennes s'allonger, enfler, s'épanouir comme celles d'un éléphant ! Ainsi donc l'homme à la Bentley se prétendait médium !

– Ah ! madame la marrrquise, grrrâce à votre serrrviteurrr Vlassemkine, nul doute que feu le marquis de Cassiembarrrt se manifesterrra ! reprit-il. Vous avez pu constater vous-même, lorrrs de notrrre séance d'hierrr soirrr, à quel point la duchesse de Muzarrrd pouvait êtrrre satisfaite de mes serrrvices !

– Oui ! Oh ! oui ! confirma la marquise. J'ai été très impressionnée. Voyez-vous, j'ai rencontré tant de charlatans que j'ai exigé, avant de m'en remettre à vous, de voir une démonstration de votre talent. Et, bien évidemment, je tenais à ce que ce fût auprès de quelqu'un de la noblesse, tout comme moi ! Mme la duchesse de Muzard est un peu originale, certes, mais c'est une authentique duchesse : j'ai fait vérifier ses quartiers de noblesse par mon secrétaire ! Ses ancêtres ont pris part à toutes les grandes batailles de l'histoire de France !

Toujours assis à côté de Bébert, je commençais à voir le topo, comme aurait dit Nénesse. Cette satanée Clothilde-Berthe s'était une triste fois de plus fourrée dans de gros ennuis !

– Si votrrre serrrviteurrr Vlassemkine est parrrvenu à fairrre entrrrer Mme la duchesse de Muzarrrd en communication avec ses ancêtrrres, il ferrrra de même pourrr votrrre serrrvice, soyez-en assurrrée ! Nous rrrecommencerrrons une séance ce soirrr même, avec cette duchesse Muzarrrd, pour encorrre mieux vous convaincrrre... C'est une sorrrte de mise en condition, voyez-vous, plus vous assisterrrez à nos séances, plus vous deviendrrrez réceptive à mes pouvoirrrs de médium !

– Oui ! D'accord, à ce soir ! acquiesça la marquise.

Elle sortit un chéquier de son sac à main et commença à aligner de gros zéros derrière un 1. J'en eus le souffle coupé et Bébert faillit s'étrangler en vidant son verre de blanc sec.

Le « médium » prit l'air offusqué.

– Madame ! Anatoly Vlassemkine n'accepte de paiement qu'aprrrès avoirrr prrrouvé son talent de médium ! dit-il.

– Ah ! Bien, disons que c'est un acompte, prenez, je vous en prie ! répondit la marquise.

En dépit de ses affirmations précédentes, il empocha bel et bien le chèque.

– Je vous rrraccompagne, madame, ma voiturrre est à votrrre disposition ! roucoula-t-il en se levant.

– Mais non, j'ai déjà accaparé beaucoup de

votre temps et vous m'avez expliqué que chaque séance nécessitait un long travail de concentration préalable ! Je vais prendre un taxi !

– A votrre guise, madame ! Mais j'insiste pour venirrr vous cherrrcher chez vous à vingt heurrres !

– Soit ! Je serai prête à vingt heures précises !

Ils se séparèrent sur le trottoir. Le médium Vlassemkine traversa la place pour rejoindre sa Bentley, tandis que la marquise se dirigeait vers la station de taxis, toute proche.

– Viens, Claudius, faut pas laisser passer l'occase ! s'écria Bébert.

Nous emboîtâmes le pas à la marquise. Alors qu'elle ouvrait la portière de la voiture qui se trouvait en tête de file, nous l'entendîmes donner son adresse au chauffeur : 28 avenue Junot, à Montmartre. Le taxi s'éloigna.

– Eh ben, mon vieux Claudius, on est bons comme la romaine, me dit Bébert. Jusqu'à présent, on avait une duchesse sur le râble, nous v'là avec une marquise, à c't'heure !

– Ouais... et une vraie de vraie, du premier choix ! approuvai-je. On avait bien besoin de ça !

Pauvre Clothilde-Berthe ! Je comprenais à présent pourquoi elle était allée vendre sa précieuse armure à cet escroc d'antiquaire ! C'était pour payer le dénommé Vlassemkine. Ce n'était pas avec les trois francs six sous qu'elle gagnait en vendant ses escargots farcis au marché de la rue Mouffetard qu'elle aurait pu s'offrir ses services. Pour bénéficier des pouvoirs du « médium », il fallait allonger l'oseille ! Foi de Lapoigne, Lapoignus pour les intimes, je devais mettre fin à la comédie, sinon elle était bien capable de s'endetter pour continuer à parler avec les « esprits » ! La fréquentation de la marquise, tout ce luxe, les belles manières de Vlassemkine, ça lui avait tourneboulé la cafetière, à ma copine. Du coup, je ne lui en voulais plus de m'avoir mis à la porte de chez elle. Elle mène une vie un peu monotone, claquemurée dans sa loge avec son cactus et ses escargots d'un bout de l'année à l'autre, alors, fatalement, elle avait voulu s'offrir un peu de rêve.

– Y a un truc qui me chiffonne, reprit Bébert, l'air soucieux. Je ne pige pas ce que ce pauvre Arsène vient bricoler dans cette combine !

Moi non plus, je ne parvenais pas à saisir, et pourtant, je n'avais pas rêvé : ce n'était pas un esprit, un fantôme, que j'avais vu monter dans la Bentley au coin de la rue de Belleville, c'était bel et bien Arsène ! Arsène La Poisse qui, un quart d'heure plus tôt, m'avait dicté une lettre destinée au notaire de Vitry-sous-Sénart pour acheter une bicoque, son fameux cabanon pas plus grand qu'un mouchoir de poche.

– Comme j'te l'dis, mon vieux Claudius, on va

en avoir le cœur net ! Arsène, si on ne veille pas sur lui, il est capable du pire ! décréta mon pote.

J'étais bien d'accord. Bébert et moi, en deux coups de cuiller à pot, on a mis au point notre plan de bataille, tout en marchant en direction de la Seine pour y retrouver le duo Dudule-Nénesse.

6

Le staff au grand complet

Dans une opération de ce genre, il ne faut négliger aucun détail, aussi Mustapha procéda-t-il à une révision complète du moteur de sa voiture, une 404 splendide, mais hélas pas très discrète, surtout avec le calicot publicitaire phosphorescent vissé sur la galerie et qui proclame « Chez Mustapha, le roi de la frite, de Dunkerque à Tamanrasset ! » A côté d'elle, la Mobylette de M. Soussou aurait presque pu passer inaperçue. C'est dire si l'engin est voyant !

Nous les avions croisés, Bébert et moi, en revenant du Père-Lachaise. Dès qu'ils furent au courant du pot de mélasse dans lequel la mère Muzard n'avait pu s'empêcher de sauter à pieds joints, ils insistèrent tant pour m'aider que je fus bien obligé d'accepter.

– L'union fait la fowce, assura M. Soussou. Je te pwête mon concouw !

– C'i sir, si Aïcha ille apprend que Claudius, il pidale dans la simoule et que Mistapha, y l'aide pas, la dérouillée que ji prends ! La viriti ! Ci li rouleau à pâtissirie qui m'attend ! ajouta le roi de la frite.

Je n'ignorais pas que la plantureuse Aïcha avait un petit faible pour ma personne, mais je savais tout aussi bien que Mustapha n'avait pas besoin de ce prétexte pour se lancer dans la bagarre ! Ah ! croyez-en un vieux clochard qui a roulé sa bosse, les amis, il n'y a que ça de vrai dans la vie.

Nous étions donc réunis, mon staff et moi, c'est-à-dire Bébert, le tandem Nénesse-Dudule, M. Soussou et Mustapha, dans la baraque à frites de ce dernier, toujours fermée au public pour cause d'heureux événement. La tactique était simple : nous allions nous poster devant le domicile de la marquise de Cassiembart, 28 avenue Junot, et, dès que le dénommé Vlassemkine viendrait la chercher, nous leur filerions le train.

Une filature en voiture, c'est sacrément coton avec les embouteillages, et surtout la nuit. Aussi la Mobylette de M. Soussou, la 404 de Mustapha, plus la camionnette que ce chenapan de Petruzzi m'avait prêtée nous seraient-elles d'un précieux renfort ! J'avais appelé Petruzzi au numéro qu'il m'avait indiqué, à son hôtel, et il s'était même proposé de m'accompagner, l'inconscient ! Jamais au grand jamais je n'aurais pris le risque de le mettre en danger, ce gamin, on ne sait jamais. Je ne voulais à mes côtés que des lascars aux nerfs d'acier, des durs à cuire, pas des freluquets comme Petruzzi, malgré toute l'affection que j'avais pour lui.

A dix-neuf heures, nous nous mîmes en route. Nénesse et Dudule prirent place dans la chignole de Mustapha, M. Soussou fit cavalier seul avec sa pétrolette ; quant à Bébert, il s'assit à mes côtés tandis que je m'installais au volant de la camionnette de Petruzzi. Nous roulâmes en formation serrée, M. Soussou ouvrant la voie, en direction de l'avenue Junot.

Montmartre est un coin de Paris où j'ai beaucoup baguenaudé du temps de ma folle jeunesse mais où je ne vais plus trop traîner la semelle de mes galoches : c'est devenu un piège à gogos, un repaire à touristes, comme qui dirait un parc d'attractions pour Japonais en goguette.

A l'écart de cette agitation, l'avenue Junot, tranquille, cossue, calfeutrée, aligne des maisons et des immeubles dont les habitants ne cultivent pas des herbes africaines dans le couloir du living, comme M. Soussou, et ne mangent guère de frites, à l'instar de Mustapha ! Ou alors, à la rigueur avec des petites cuillers en argent, sans oublier le rince-doigts parfumé à l'eau de rose... Bref, c'est un coin de rupins ! Pas étonnant que la marquise de Cassiembart y ait élu domicile.

Avec mon cortège automobile qui rappelait une parade du cirque Pinder, j'avais la trouille qu'on se fasse repérer si on devait y stationner trop longtemps.

– On va tous finir au poste..., grommela Bébert. Comme j'te l'dis, mon vieux Claudius, et alors, le gars Vlassemkine, pour le coincer, ça sera bernique, macache et tout l'toutim !

Sacré Bébert, toujours enclin à céder au pessimisme ! Heureusement, le « médium » était à cheval sur les horaires. A vingt heures précises, sa Bentley se gara devant la villa de la marquise. Il en descendit lui-même et actionna la sonnette. Moins d'une minute plus tard, Mme de Cassiembart se présenta sous le porche et monta à bord de la limousine. Petruzzi m'avait prêté des jumelles, et, de loin, je distinguai la silhouette toute ratatinée de la mère Muzard, assise sur le siège arrière ! Vlassemkine était déjà passé la prendre chez elle, rue Cuvier, ainsi que je l'avais parié !

Et le voyage commença. Nous filâmes en direction du centre pour rejoindre la voie express, le long des quais, puis l'autoroute de l'Ouest.

La Bentley roulait à allure modérée. Comme convenu lors du briefing chez Mustapha, nous nous relayions pour lui coller au train, tantôt Mustapha, tantôt votre serviteur Claudius, tantôt M. Soussou ! Ainsi nous prenions moins le risque d'attirer l'attention de Vlassemkine !

La route était monotone, et Bébert, pour tromper l'ennui, se mit à fouiner dans le bazar que ce petit chenapan de Petruzzi avait entassé à l'intérieur de sa camionnette. Il y avait là tous ses accessoires de théâtre, des masques en tous genres, des costumes, des instruments de musique, bref de quoi se distraire ! Bébert, d'humeur badine, essaya quelques tenues, heureux comme un marmot devant son sapin de Noël.

Je conduisais en faisant très attention. Il y avait bien longtemps que je n'avais tenu un volant et j'avais un peu perdu les réflexes, pardi, personne n'est parfait.

Après quelques kilomètres d'autoroute, la Bentley vira dans une bretelle qui menait à un village perdu dans la campagne : La Ferté-Jobard. Il faisait nuit noire ; nous vîmes la limousine franchir une lourde grille et pénétrer dans le parc d'un petit château entouré d'un muret. Des tessons de bouteilles hérissaient tout le pourtour, mais ce n'était pas ce misérable stratagème qui allait nous faire reculer ! Nous garâmes nos engins tout près de là, Bébert lança une couverture par-dessus le muret, fit la courte échelle à Nénesse, qui, une fois parvenu à bon port, hissa son frérot Dudule, lequel me tendit la main. Je l'imitai pour attirer M. Soussou à mes côtés. Il ne restait plus que Mustapha.

Patratas ! A l'instant où j'allais le tirer de l'autre côté du muret, une voiture de gendarmerie se présenta au carrefour ! Aïe, aïe, aïe ! Mustapha plongea derrière un talus alors que les pandores s'approchaient de nos véhicules. Ils en firent le tour, à pied, un peu surpris, inspectèrent soigneusement la Mobylette de M. Soussou, dont ils n'avaient jamais rencontré de semblable prototype, éclairèrent à l'aide d'une torche la camionnette de Petruzzi, firent de même avec la 404 du roi de la frite, ornée de sa pancarte phosphorescente, puis haussèrent les épaules avant de remonter à bord de leur voiture.

Mustapha attendit quelques instants avant de quitter son talus et nous rejoignit. Nous étions parvenus à bon port, tous les cinq, sans nous écorcher les miches* sur les tessons ! Du boulot cousu main des établissements Lapoigne & Compagnie ! Mon petit Totor était de la partie, lui aussi, tout heureux de se retrouver dans un cadre aussi

* Miches, n. f. pl. : les fesses… en comparaison avec les beaux pains ronds que font encore certains boulangers.

champêtre. Nous entendîmes alors la musique d'un clavecin qui provenait de derrière une rangée d'arbres touffus. Une fantaisie de Mozart…

– M'est avis que c'est par là que ça se passe, si vous voyez le topo ! chuchota Nénesse.

Sans nous concerter, nous nous faufilâmes de bosquets en taillis en direction du château, pour atterrir à plat ventre à couvert d'un massif de tulipes, un poste d'observation idéal.

7
Esprit, es-tu là?

C'était Vlassemkine en personne qui était assis devant le clavier. L'instrument était installé sur la pelouse, tout près d'un petit étang où folâtraient des cygnes. Ah! quel charmant spectacle! Vlassemkine jouait, les yeux levés vers le ciel, avec à ses côtés, ravies, pâmées comme deux tranches de rognon de génisse sur l'étal du tripier un jour de marché, la marquise de Cassiembart et ma copine, la duchesse Clothilde-Berthe de Muzard-Salsempouille, concierge de son état au 8 de la rue Cuvier, Paris 75005!

– Ah! ouiche, comme c'est beau, votre morceau! couina-t-elle en rajustant son dentier. Mais vous connaissez pas la musique d'*Hélène et les garçons*? C'est plus rythmé!

– Hélène et les ga… et les ga… quoi? hoqueta

Vlassemkine, médusé. Hum, nous verrrons plus tarrrd... Il faut nous concentrrrer... Voyez comme la nuit est douce – ce soirrr, je sens que les esprrrits sont dans de bonnes dispositions à notrrre égarrrd !

– Vous avez raison, aussi sec on s'y met ! Hein, marquise ? reprit la mère Muzard, tout excitée, en envoyant une claque dans les épaules de Mme de Cassiembart.

– Heu... oui, certes, certes, très chère amie ! bredouilla celle-ci, saisie d'une discrète quinte de toux après la baffe que ma copine venait de lui expédier entre les omoplates.

Le chauffeur de la Bentley sortit alors du château en portant un guéridon, qu'il disposa près du clavecin. Deux autres serviteurs, en livrée eux aussi, apportèrent des chaises, au nombre de trois, qu'ils placèrent autour du guéridon.

– Ils vont nous faire leur cinoche ! chuchota Bébert. Claudius, c'est toi qui as la main : on sème la zizanie tout de suite, ou on attend la Saint-Glinglin ?

– Nous sommes à tes owdwes, noble Lapoigne ! ajouta M. Soussou.

Je les fis taire.

– Nous allons prrrocéder en plein airrr ! déclara Vlassemkine. Le fluide passerrra mieux...

La marquise et la duchesse s'assirent côte à

côte, face au médium. Ainsi que le prescrit le cérémonial des spirites, ils posèrent tous les trois leurs mains bien à plat en étoile sur le plateau du guéridon, afin que leurs petits doigts se touchassent* ! Quelques chandelles, disposées en cercle sur le gazon, éclairaient la scène d'une lueur pâlotte.

– Ah ! le fluide passe, le fluide passe..., cria Vlassemkine.

– Ah ! ouiche, pensez donc, ça m'a chatouillé un petit coup ! gloussa la mère Muzard.

– Écoutez, très chère, rétorqua la marquise d'un ton cinglant, il n'est pas question de chatouille, mais de communication avec les esprits ! Un peu de sérieux, je vous prie !

– Ah ! ouiche, j'ai compris, je me tais ! Il faut me dire quand je parle trop parce que des fois je peux pas m'empêcher, c'est toujours ce que me dit ce vieux Claudius, un...

Sacrée Clothilde, elle avait dû forcer sur le blanc sec pendant tout l'après-midi, et il n'y avait plus moyen de l'arrêter ! Quand elle est un peu pompette, c'est pire qu'une crécelle, il faudrait la fracasser contre un mur pour l'empêcher de blablater !

* Eh oui, « se touchassent ». Que voulez-vous, de temps en temps, ça me reprend, ça me gratouille comme un troupeau de puces lâchées sur ma vieille peau de prof, je peux pas m'empêcher de taquiner l'imparfait du subjonctif... On ne se refait pas !

– Silence ! à la fin ! Pauvre sotte ! l'interrompit Vlassemkine, qui commençait à s'énerver.

Pauvre mère Muzard, j'avais pitié d'elle ! Déjà qu'elle était embarquée dans une drôle de combine, en plus on la traitait comme une moins que rien, tenez, comme qui dirait comme la cinquième roue de la 404 de Mustapha !

– Esprrrits ! Esprrrits ! Êtes-vous là ? gronda la voix de Vlassemkine.

Un coup très sourd retentit alors, en provenance de derrière un arbre, à quelques pas du massif de fleurs dans lequel nous avions plongé, mon staff et moi. La mère Muzard et la marquise frissonnèrent à l'unisson, épouvantées, mais surtout émoustillées par la présence des « esprits ».

– Tu parles d'une rigolade ! ricana Bébert. Reluque un peu la tronche qu'il a, le fantôme !

En effet, nous distinguâmes la silhouette du chauffeur de la Bentley, planqué derrière un tronc d'arbre avec un tambour ! Ni la duchesse ni la marquise ne pouvaient le voir, ces pauvres naïves, placées où elles étaient ! Il cogna encore une fois sur l'engin de son poing fermé, provoquant un nouveau badaboum.

– Ah ! ah ! ah ! mes pouvoirrrs de médium opèrrrent..., s'écria Vlassemkine.

– C'est prodigieux ! Je suis tout à fait convaincue ! ajouta la marquise.

– Mais, noble Lapoigne, c'est une supewchewie ! bredouilla M. Soussou, sincèrement scandalisé.

Je le comprenais : les herbes qu'il vend en tant que mage soignent réellement les gens et jamais il n'oserait leur monter de pareils bobards* ! J'eus bien des difficultés à tenir mes troupes ! Il y avait de la mutinerie dans l'air. Même Nénesse et Dudule commençaient à ruer dans les brancards, impatients d'en découdre, sacrédiou !

– Esprrrit… es-tu là ? hurla derechef Vlassemkine.

Un nouveau roulement de tambour lui répondit.

– C'est… c'est toi… Gontran-Frédéric, ô mon vénéré aïeul ? couina la mère Muzard, toute tremblante.

Allongé dans l'herbe à plus de dix mètres, j'entendais claquer son dentier et toutes ses vertèbres, qui tiennent je ne sais trop comment, probablement attachées entre elles avec de la ficelle à rosbif !

– C'est bien moaaaaa ! répondit une voix terrible, nasillarde et comme hachurée de parasites.

Toujours à l'abri derrière son tronc d'arbre, le larbin de Vlassemkine avait saisi un mégaphone et poussait des râles terrifiants. La marquise se raidit sur son siège, tétanisée.

– Si c'est toi, Gontran-Frédéric, corsaire du roi,

* Bobard, n. m. : mensonge, délire, si vous préférez.

ami de Surcouf, montre-toi donc, ça fait belle lurette que j'ai envie de discuter le bout de gras avec ta seigneurie ! cria la mère Muzard, tout heureuse, en battant des mains.

Lâchant son mégaphone, le chauffeur de la Bentley saisit alors un boîtier métallique, et actionna une touche.

Il y eut une explosion, comme un pétard de feu d'artifice, et un grand nuage de fumée rouge apparut au bord de l'étang, effrayant les pauvres cygnes qui déguerpirent en battant de l'aile. Il avait bien préparé son coup, le Vlassemkine : le gazon alentour était farci de pétards télécommandés ! On se serait cru au 14 Juillet ! Paniqué, mon Totor lâcha un pet de derrière les fagots, une vraie merveille, et je crus bien qu'il allait nous faire repérer.

– Ah on s'ennuie jamais, avec toi, Claudius, glousssa Bébert. Comme j'te l'dis.

Je n'avais pas le cœur à rire. La fumée commençait à retomber sur le sol. Une forme monstrueuse apparut alors. La tronche esquintée comme une vieille boîte de conserve avec laquelle on aurait joué au foot avec des godasses de ski, titubant sur une jambe de bois, vêtue d'un pourpoint lacéré de coups de sabre, le bras gauche agitant une rapière, le droit équipé d'un crochet en guise de main, un tromblon* en bandoulière, « l'apparition » était tout bonnement effrayante.

– Gontran-Frédéric ! c'est bien lui ! hurla la mère Muzard.

Le larbin de Vlassemkine actionna encore une fois la touche de son boîtier et cette fois il y eut des bouquets de fumée bleue, verte, rose aux quatre coins de la pelouse. La marquise de Cassiembart avait sauté sur les genoux de Vlassemkine et se pendait à son cou en appelant sa maman. Mais le médium avait d'autres chats à fouetter : ma copine Clothilde-Berthe se précipitait en effet sur son « aïeul » Gontran-Frédéric de Muzard, grand pote de Surcouf, terreur des Angliches, véritable éponge à rhum, tigre des mers et tout l'toutim, comme aurait dit Bébert.

– Ne bougez pas ! Idiote ! Vous allez fairrre fuirrr l'esprrrit !

Il parvint à grand-peine à la faire se rasseoir et à se débarrasser de la marquise qui tremblotait comme un vieux yaourt moisi oublié au fond d'un frigo et tiré de sa torpeur par un court-circuit !

Dans la précipitation qui s'ensuivit, le soi-disant fantôme de l'amiral Gontran-Frédéric de Muzard avait eu tout le temps de se faire la malle et de se mettre à couvert derrière un tas de bois !

Ah ! on peut dire qu'il l'avait pas loupée son entrée en piste, ce gredin d'Arsène ! Car c'était bien

* Tromblon, n. m. : sorte de fusil dont le bout du canon a la forme d'un entonnoir.

lui ! Grimé comme un monstre de foire, la trogne enduite de brou de noix, sapé comme un épouvantail, il n'avait pas démérité de sa réputation, l'ex-terreur des salles de catch ! C'était donc ça, la combine faramineuse qui allait lui permettre d'acheter sa bicoque : le prétendu médium Vlassemkine lui graissait la patte* pour venir faire le mariole devant les dames de la noblesse ! Forcément, avec ses dons comme qui dirait naturels, il avait la bobine de l'emploi, Vlassemkine buvait du petit-lait**.

– Vous avez un pouvoir extraordinaire ! clama la marquise de Cassiembart, qui se rafraîchissait à petits coups d'éventail. Je vais vous signer un nouveau chèque, cette fois j'ai totalement confiance en vous !

Un pouvoir extraordinaire ? Rien que ça ! Du calme, madame la marquise ! Celle-là, foi de Lapoigne, Lapoignus pour les intimes, elle avait de la gelée de saindoux à la place de la cervelle, pour croire à des mises en scène pareilles, et on ne pouvait pas lui pardonner ! La mère Muzard, passe encore, avec sa vue basse, son grand âge, et ses siestes arrosées au blanc sec !

Mais une marquise dans la force de l'âge, qui pouvait faire encore de l'usage pourvu qu'on ne

* Graisser la patte : donner de l'argent en douce pour obtenir un petit coup de main.

** Boire du petit-lait : se réjouir.

la bouscule pas trop et qu'on lui graisse les engrenages pour l'empêcher de rouiller, je vous demande un peu !

La marquise tendit le chèque, que Vlassemkine empocha prestement. Tout en pianotant d'un doigt nerveux sur le guéridon, il appela ses serviteurs.

– Serrrvez-nous une petite collation ! ordonna-t-il. Nous allons reprrrendrrre la séance d'ici peu !

Cet intermède me permit de procéder à une retraite tactique. J'entraînai mes compagnons un peu plus à l'écart dans le parc et leur fis part de mes intentions. Bébert, M. Soussou, Mustapha et votre serviteur Claudius, nous restâmes en faction à proximité du château, tandis que le duo Nénesse-Dudule filait dare-dare jusqu'à la camionnette de Petruzzi pour y récupérer quelques ustensiles propres à distraire la compagnie...

Le médium et ses deux admiratrices se gavaient de petits-fours et se rinçaient la glotte d'une coupe de champagne, le petit doigt en l'air, quand Nénesse et Dudule furent de retour parmi nous, les bras chargés de paquets. Il y eut une furieuse mêlée autour des trésors qu'ils avaient rapportés de la camionnette, mais le résultat n'était pas piqué des vers, vous pouvez m'en croire, foi de Lapoigne ! La suite allait nous le démontrer jusqu'à plus soif !

– Esprrrit, es-tu là ? hulula Vlassemkine, de nouveau « concentré ».

Comme de bien entendu, son complice, le chauffeur de la Bentley, fit péter quelques fumigènes sur la pelouse, histoire de vaporiser un peu de mystère à cent sous dans le décor. Il avait forcé la dose et le parc du château se mit à ressembler aux rues de Londres un jour de grand brouillard. Mon valeureux Bébert, sanglé dans une robe de moine, se mit alors à gambader sur la rive du lac.

– Je te reçois cinq sur cinq, Vlassemkine, je suis là, et j'ai amené quelques potes ! beugla-t-il d'une voix de stentor. C'est qu'on s'ennuie ferme, dans l'au-delà ! Ha ! ha ! poil aux bras !

Nénesse et Dudule, attifés comme des brigands de grand chemin tout droit sortis d'une séance de *Robin des Bois*, se joignirent à lui en se tenant la main.

C'est nous les esprits frappeurs,
On est de sacrés noceurs
Et on vient de l'au-delà,
Pour discuter l'bout d'gras !
chantonna Nénesse, très en verve.

C'est nous les fantômes rigolos, ho ! ho !
Si vous voyez le topo, ho ! ho !
ajouta Dudule, contenant difficilement un fou rire.

Puis ce fut au tour de M. Soussou et de Mustapha d'entrer en scène. Ils portaient de grandes robes de derviches parsemées d'étoiles de papier d'argent, et tiraient derrière eux un petit âne en plastique monté sur des roulettes.

– Li esprits di l'Orient, ci pas di la rigolade non plis ! Djinn di Mille i Ine Nuits ! Ci comme Aladdin ! assura Mustapha, qui se gondolait comme l'huile de ses marmites de frites, saisie d'un tremblotement irrépressible à l'instant où elle entre en ébullition !

– Pouw sûw ! assena M. Soussou, en écho. Moi, Melchiow, le gwand woi mage, je n'ai pas la wéputation de plaisanter !

– Ouaiiiis, ça maaaarche ! A moi les ducs de Salsempouille ! hurla la mère Muzard, complètement déchaînée. Gontran-Amédée, Sigismond, Roderic, Abélard ! Tous mes ancêtres, à moi vaillants guerriers, venez à moi que je vous embrasse, aussi sec ! Ouaiiiis !

Elle était tellement excitée qu'elle oublia de refermer le bec. Son dentier chuta sur la pelouse avec un bruit mou. Je choisis cet instant pour jaillir à mon tour des fourrés, sapé comme un prince, en smoking et chapeau claque, tout comme le médium Vlassemkine, vers lequel je pointai un doigt accusateur. Il était resté pétrifié durant le numéro de Grand-Guignol que mes poteaux venaient de lui servir, raide comme une baguette de pain rassise expédiée en recommandé un jour de grève de la Poste !

– Bas les masques, l'imposteur ! lui dis-je d'une voix terrible, où la colère se mêlait au fou rire. Foi de Lapoigne, Vlassemkine, ta mise en scène tourne en eau de boudin ! T'as pas honte, minable ? Escroc de bas étage, médium à la mords-moi-l'orteil-gauche, spirite au rabais, magicien en solde, j'en passe et des meilleures !

La mère Muzard avait récupéré son dentier et se l'était relogé dans le bec discrètement, l'air de rien. Elle nous regardait, éberluée, moi, M. Soussou, Bébert, les frérots Nénesse et Dudule, plus Mustapha, qui l'entourions, prêts à l'assurer de notre affection après la dure épreuve qu'elle venait de subir. Mme la marquise de Cassiembart était carrément tombée dans les pommes.

– Claudius, bon sang de bon sang, c'est pas régulier, un coup pareil ! grogna alors une voix qui ne m'était pas inconnue.

Nous nous retournâmes. Ce brave Arsène, toujours déguisé en pirate, émergeait d'un buisson de roseaux situé sur la rive du lac, les jambes couvertes de boue. Ses bottes envasées jusqu'aux genoux clapotaient avec des chuintements pitoyables et quelques grenouilles rescapées du naufrage s'arc-boutaient à sa ceinture, lui gratouillant la couenne de leurs pattes visqueuses. Il traînait derrière lui un sabre d'abordage, son tromblon dégoulinant de tiges de nénuphars, ses cent dix kilos de fatigue, la mine basse, l'air piteux.

– Me manquait plus qu'un tour de piste et j'étais tiré d'embarras…, ajouta-t-il en éjectant d'une chiquenaude un triton hardi qui s'était agrippé à sa moustache. J'allais être plein aux as et vous venez me couper les poils sous les bras, parole, c'est pas des manières, entre frères de la cloche !

Je redoutais un peu sa colère, à ce colosse qui aurait été capable de tous nous rectifier, si l'envie l'avait pris de se mettre en colère. Mais la rancœur et Arsène, ça fait deux, aussi sûr qu'un camembert peut être partagé en quatre et même en huit, pourvu qu'on y mette de la bonne volonté. La mère Muzard le fixait de derrière ses grosses lunettes, et se risqua même à le toucher, histoire de vérifier qu'il n'était pas constitué de toile d'araignée ni de poudre de perlimpinpin, mais bien de chair et d'os ! Et quelques kilos de lard épais, puisqu'il s'agissait d'Arsène.

– Mais alors, ce n'était... vous n'êtes pas mon ancêtre Gontran-Frédéric, corsaire du roi, ami de Surcouf, flibustier de grand renom ? risqua-t-elle d'une toute petite voix.

– Eh non, ma bonne dame, j'suis simplement

Arsène, Arsène La Poisse, comme on me surnommait sur les rings, et encore une fois, j'ai raté l'occasion de me refaire une santé..., avoua-t-il, penaud. On m'a donné un déguisement et j'étais simplement chargé de faire le fantôme, histoire de vous soutirer vos sous. C'était pas bien méchant, comme turbin*... Maintenant, évidemment, c'est cuit !

– Vous comprenez, maintenant, mère Muzard, repris-je, tout ça, c'était une mise en scène ! Heureusement, Claudius était là...

– Ah ! ouiche, bredouilla-t-elle, honteuse, et moi qui ai vendu tous mes biens pour payer les séances !

– Vous bilez pas, m'dame la duchesse, l'armure, Claudius et moi, on l'a récupérée, elle est pas perdue ! s'écria Bébert.

– Ah ! Claudius, Claudius, comme j'ai été ingrate ! sanglota ma copine, à présent totalement dégrisée. Et moi qui vous ai chassé de ma loge !

Elle s'était précipitée dans mes bras et pleurnichait à fendre l'âme. Je lui tapotai affectueusement le crâne en prenant garde de ne pas lui arracher sa perruque. Elle se mit à rire en dévisageant Mustapha, M. Soussou, et les inséparables Nénesse et Dudule, qu'elle ne connaissait pas

* Turbin, n. m. : travail. Lapoigne dit aussi taf, ou boulot.

mais que je lui présentai. Avec des zigues aussi sociables que les jumeaux, le courant passa tout de suite : c'est sûr, on allait s'en payer de bonnes tranches, dans la loge de la rue Cuvier !

8

Des invités surprise...

Nous en avions presque oublié Mme de Cassiembart, toujours dans les pommes, ainsi que le médium Vlassemkine ! Mais lui, il n'était pas vraiment décidé à nous pardonner notre petit numéro d'esprits frappeurs. Son chauffeur et ses deux autres serviteurs nous ramenèrent vite à la raison. Les revolvers qu'ils braquaient dans notre direction n'avaient rien en commun avec le tromblon en plastique dont ils avaient affublé ce pauvre Arsène... C'était de l'artillerie lourde, de la vraie de vraie, propre à nous refroidir la carcasse, comme des cerfs un matin d'ouverture de la chasse à courre !

– Lapoigne, m'est avis que l'affaire se corse, si tu vois le topo ! bougonna Dudule, en levant les bras.

– En file indienne, direction les oubliettes du

château ! ordonna Vlassemkine. Allez, et plus vite que ça ! Et filez doux, mes agneaux, sinon, je vous plombe la cervelle !

Tiens donc, il avait perdu son accent russe, le dénommé Vlassemkine, et ses belles manières de gentleman par la même occasion ! Médium, tu parles ! C'était du boniment pour les rombières à pedigree, ses singeries ! Justement, la marquise commençait à émerger de ses vapeurs. Allongée dans l'herbe, elle frissonnait, toute à ses vertiges, raclant le gazon de ses petits ongles d'aristocrate, si délicatement vernis !

– Mon époux, mon époux, je veux rentrer en communication avec l'esprit de mon époux ! Le défunt marquis de Cassiembart ! bredouilla-t-elle, dans son inconscience. Mes chèques, j'ai signé des chèques !

Vlassemkine se rua sur elle et lui appliqua un solide coup de crosse de revolver sur le front. Elle repartit dans les vapes pour un bon moment.

– Celle-là, on s'en occupera plus tard ! La troupe de guignols, d'abord ! reprit le médium avec un rictus terrible. Je vais vous faire payer cher le sabotage de ce soir ! Pfft... dire que je la tenais ! Les châteaux, les vignobles, les tableaux, l'argenterie, les bijoux, toute la fortune des Cassiembart, elle allait me la servir sur un plateau, si vous n'aviez pas tout fait rater, bande d'abrutis ! J'allais la plumer jusqu'à l'os, cette dinde !

– Icouti, c'i pas jiste, on voulait simpliment rigouler un p'tit pi ! plaida Mustapha, terrorisé par le revolver que le chauffeur de la Bentley lui avait collé dans les reins.

– Ça, c'est vwai ! ajouta dignement M. Soussou, pouw sûw, c'était une plaisantewie !

– Vous, les rois mages, la ferme ! hurla Vlassemkine. J'ai jamais aimé les bronzés, alors vous allez déguster en premier !

Bébert et moi, ça nous a pris comme un coup de sang. Insulter pareillement d'aussi chouettes copains que le papa du petit Saïd, qui venait tout juste de naître, et le sage Soussou, connu et respecté à Belleville, c'était plus qu'on ne pouvait supporter. Nénesse et Dudule, eux aussi, en étaient devenus blêmes de fureur. Quant à Arsène, c'était bien simple, il en écumait de rage ! Sans qu'on ait eu besoin de se concerter, ça a commencé à chicorer dans tous les sens.

Bébert a propulsé la mère Muzard sous le guéridon, histoire de la mettre à l'abri des balles perdues ! Arsène a saisi le clavecin à bras-le-corps, l'a soulevé comme il l'aurait fait avec une vulgaire boîte d'allumettes et l'a expédié droit sur la caboche du chauffeur de la Bentley. Rectifié net, l'as du volant ! Moi, je me suis occupé de Vlassemkine en personne, lui saisissant le poignet armé du revolver que je tordis jusqu'à ce que fracture s'ensuive ! Crrraccc ! Ça a pété très sec, le radius, le cubitus, et les doigtus, foi de Lapoigne, Lapoignus pour les intimes, c'était vraiment le moment de bien me souvenir de mon latin ! Pour parfaire le travail, je lui ai allongé un coup de galoche en plein dans la rotule gauche. Le médium s'est retrouvé au tapis, à couiner comme un cochon qu'on va égorger !

Nénesse et Dudule, jamais en reste dans les grandes occasions, se sont penchés sur le cas des deux autres larbins de Vlassemkine ! Ah ! mes amis, quel festival ! Un coup Nénesse, et que je te vise la mâchoire, un coup Dudule, et que je te fracasse le nombril, et que je t'estourbisse l'un, et que je te retourne l'autre comme une crêpe pas mûre ! Nénesse ? Dudule ? Allez vous y retrouver ! Dudule ! Nénesse ! C'était du pareil au même et vice versa, on ne pouvait plus voir qui cognait sur qui, ça allait vraiment trop vite, bref, ce fut réglé comme du papier à musique ! Quelle castagne ! Réduite en charpie, qu'elle était, la bande à Vlassemkine !

On s'apprêtait à fêter notre victoire quand tout à coup de gros projecteurs se sont mis à éclairer la pelouse et la façade du château. Le médium clignait des yeux, comme nous, aveuglés par la lumière.

– Personne ne bouge ! Mains en l'air ! lança une voix.

Ah ! quelle triste soirée, voilà que ça recommençait !

– Allez, on fonce ! grogna Bébert.

Il était prêt à remettre ça, à soigner les nouveaux venus à l'élixir de coups de taloches, comme on l'avait fait avec Vlassemkine et ses acolytes ! Sacré Bébert, dans les situations délicates, il ne fait pas le détail ! Quand le clavecin avait explosé entre les mains d'Arsène, il avait reçu un morceau de planche sur le front. Son sang coulait et il ne voyait pas bien clair, sinon il aurait réalisé son erreur : les invités surprise, c'était tout bonnement des gendarmes ! Armés jusqu'aux dents et pas franchement l'air de gais lurons...

– Houlàlà..., murmura Arsène, ce soir j'ai décroché le pompon !

– Tais-toi, sinon on va encore aggraver notre cas ! lui lançai-je, la bouche en coin.

– N'empêche, Claudius, s'obstina-t-il, c'était pas tes oignons de venir faire la corrida ici !

Il avait raison, je m'en voulais d'avoir conduit l'opération comme un débutant ! On était dans de sales draps, foi de Lapoigne ! Toutes les apparences étaient contre nous ! Vlassemkine était chez lui, on avait pénétré dans son domaine sans y être invités, et avec tout le chambard qu'on avait fait, je nous voyais plutôt mal partis... Et encore nous, je veux dire les copains de la cloche, Dudule, Nénesse, Arsène, Bébert, et votre serviteur Claudius, on avait plutôt l'habitude de se faire raboter le cuir par la maréchaussée ! Mais M. Soussou et Mustapha, ces braves pères de famille, ils étaient autant à leur place qu'un curé de campagne dans une navette spatiale ! Si on nous collait tous en cabane, qui allait nourrir leurs familles ?

Vlassemkine, toujours à terre et bien incapable de se relever, s'adressa au gradé, un capitaine moustachu.

– Ah ! c'est le ciel qui vous envoie, mes amis ! Venez que je vous serrre dans mes brrras !

Comme de bien entendu, il avait retrouvé son accent, cet arsouille !

– On est arrivés à temps, on dirait, monsieur Vlassemkine ! lui répondit le capitaine des gendarmes, en se penchant sur lui. Vous êtes blessé ?

– Une frrracture au brrras... et la jambe... trrrès doulourrreux ! confirma le médium.

– Mes hommes et moi, nous patrouillions dans le village de La Ferté-Jobard, poursuivit le capitaine, quand nous avons repéré des véhicules suspects garés près de votre château... puis entendu des bruits étranges ! J'ai aussitôt pensé à des cambrioleurs ! N'écoutant que mon courage, j'ai donné l'assaut, et je crois bien que nous sommes arrivés au bon moment !

– Oui ! J'étais avec mon amie, la marrrquise de Cassiembarrrt, en trrrain de prrrocéder à une séance de spirrritisme, quand soudain cette bande d'assassins s'est rrruée surrr nous !

Un des gendarmes se pencha sur la marquise, qui portait une grosse bosse au front et ne s'était toujours pas réveillée.

– Pauvrre, pauvrrre amie ! roucoula Vlassemkine. Ils ont voulu la tuer, elle, si exquise…

Il ne manquait pas de culot, l'animal ! C'était lui-même qui lui avait sonné la cafetière, à Mme de Cassiembart ! Deux des gendarmes rangèrent leur pétoire et la prirent sous les bras.

– A l'hôpital, vite ! ordonna le capitaine.

– Ils ont voulu la tuer…, sanglota Vlassemkine, tandis qu'ils s'éloignaient.

– Fais pas l'hypocrite, hé, médium d'occasion ! lança Bébert. Tu sais bien que…

– Silence ! cria le capitaine. Voyons voir d'un peu plus près vos assaillants, monsieur Vlassemkine !

– Le chef, c'est lui ! glapit le médium en me désignant du doigt.

– Ouais, c'est moi ! confirmai-je, bien décidé à me charger au maximum, pour soulager les copains.

– Lui, le chef ? Ah ! vaut mieux entendre ça que

d'être sourd ! ricana Bébert. C'est moi, l'chef ! Comme j'vous l'dis !

– Croyez pas ces minables, mon général ! gronda Arsène. Le chef, c'est ma pomme !

– Je vois, je vois ! ricana le capitaine, on est décidé à se foutre de moi ?

– Pas du tout ! lança Dudule, en fait, le chef, c'est moi, si vous voyez le topo !

– Pour plus de précisions, ajouta Nénesse, disons que nous sommes une bande de malfaiteurs assez démocratique et que nous prenons les décisions d'un commun accord !

Le capitaine commençait à sentir bouillir sa cervelle sous son képi et roulait des yeux coléreux.

– Et les gens du Sud, là ? reprit-il en se tournant vers Mustapha et M. Soussou.

– Eux ? On les connaît même pas !

Personne ne s'était donné le mot, mais on avait tous eu la même inspiration, dans l'espoir un peu fou de sauver nos copains de la débâcle. Avec un bel ensemble, on avait clamé ce gros mensonge à la face du capitaine, nous les compagnons de la cloche ! La mère Muzard, qui n'avait pas compris grand-chose à ce qui se passait, rata une belle occasion de mâchonner son dentier en silence. Mais maintenant que vous la connaissez un peu, vous vous doutez bien qu'elle ne pouvait que mettre son petit grain de sel dans cette soupe à la grimace, pas vrai ?

– Ah ! ouiche, Claudius, à présent que j'ai réalisé mon ingratitude, vous pensez bien si je vais laisser tomber les amis ! On est tous dans le coup, hors de question d'abandonner M. Soussou et Mustapha ! Bien sûr qu'ils sont avec nous ! Aussi sec !

Le capitaine éclata d'un gros rire gras. J'avais les paumes qui me démangeaient et je lui aurais bien fait avaler un ragoût de képi à la sauce gribiche, histoire de lui clouer de bec ! Vlassemkine se mit de la partie, lui aussi... Ils rigolaient comme des bossus, satisfaits de nous voir dans une telle panade.

– Allez, allez, pas de discussion, trancha le capitaine, quand il se fut calmé, on va embarquer tout ce joli monde ! Vous vous expliquerez au tribunal, bande de fripouilles ! Cambriolage avec effraction, coups et blessures sur marquise, bris de clavecin, blessure à médium dans l'exercice de ses fonctions, et tiens, j'ajoute outrage à officier de gendarmerie. Avec un palmarès pareil, on n'entendra pas de sitôt parler de vous ! Au trou !

Ses adjoints – il en restait trois – sortirent des menottes et s'approchèrent de nous. Je me voyais déjà devant les juges, condamné au bagne. Il allait terminer son existence d'une bien triste façon, Claudius Lapoignus, avec un costume rayé et un gros boulet de fonte attaché à la cheville ! Sans même nous consulter, Bébert, Nénesse, Dudule,

Arsène et votre serviteur, nous fîmes tous un pas en arrière, d'instinct. L'aimant attire la limaille, mais le gendarme écarte le clodo, c'est bien connu !

C'est alors que M. Soussou, au contraire, s'avança en direction du capitaine. Il se mit à le fixer droit dans les yeux, les bras tendus en avant, soumis, attendant qu'on lui passe les menottes…

– Hé ! hé ! hé ! ricana le pandore, en voilà au moins un de raisonnable !

Imperceptiblement, il se mit à se balancer, d'avant en arrière.

– Un de raisonnable… un de rai-son-nable… un de rai…, répéta-t-il, inlassablement.

M. Soussou écarquillait les yeux, ses grands yeux tout blancs qui brillaient dans l'obscurité.

– Un de rai… un de son… un de nable…, balbutiait toujours le gradé.

– Y a quelque chose qui tourne pas rond, chef ? demanda un de ses adjoints.

M. Soussou se tourna vers lui. Immédiatement, le pandore se balança d'avant en arrière, comme son chef !

– Pas rond, chef ? Pas rond, chef ? Pas rond, chef ? psalmodiait-il d'une voix caverneuse.

Mes copains et moi, on ne comprenait rien à ce qui se passait. Mais Vlassemkine était plus filou que nous !

– Ne regardez pas ses yeux ! glapit-il, quand un troisième gendarme s'avança vers M. Soussou.

Il était trop tard.

– Et pourquoi donc ? demanda l'homme au képi, qui toisait M. Soussou avec un petit air supérieur.

– Il va vous avoir aussi ! cria Vlassemkine, qui n'osait pas trop bouger, avec son bras et sa jambe en compote.

– Et pourquoi donc ? Et pourquoi donc ? Et pourquoi donc ? se mit à radoter le gendarme, comme un disque rayé !

Les deux autres continuaient leur litanie, chacun dans son coin, à grands coups de « un de raisonnable », et « pas rond, chef ? ». M. Soussou s'occupait déjà du dernier, qui tremblait de peur, sans parvenir à faire le moindre geste.

– Je veux pas ! Je veux pas ! sanglota-t-il.

Trop tard ! L'œil de M. Soussou avait déjà accroché le sien et le pauvre gars se mit à bégayer des « je veux pas, je veux pas » à l'infini ! Ah ! qu'ils étaient mignons, chacun dans son coin, à dodeliner de la tête comme les petits chiens en peluche qu'on installe à l'arrière des voitures. Son travail accompli, M. Soussou se tourna vers nous et éclata de rire.

– Il les a hypnotisés ! beugla Vlassemkine.

Je n'en revenais pas. C'était pourtant vrai.

– J'aurais jamais cru ça possible ! murmura Bébert, soufflé.

– J'ai mis de longues années à étudier cette science..., expliqua modestement M. Soussou. Mon gwand-oncle Mouwtala me l'a lui-même appwise !

– C'est-y que ce serait de la magie ? demanda la mère Muzard, en lorgnant craintivement vers M. Soussou.

– Pas du tout ! Les gwands médecins utilisent fwéquemment cette technique ! assura M. Soussou.

– Eh oui, j'avais fait un reportage là-dessus, il y a bien longtemps ! approuva Bébert, songeur. C'était du temps où j'étais à la rubrique scientifique, au journal.

– Et... et ils vont rester longtemps comme ça ? demandai-je.

– Quelques heuwes, je pense, à moins que je ne les wéveille ! répondit M. Soussou.

– Pas question ! criai-je, ça alors, c'est trop fort !

Le spectacle était impayable. Vlassemkine contemplait ses « sauveurs », médusé. En moins de temps qu'il ne faut pour le dire, M. Soussou s'occupa de lui. Vlassemkine chercha de toutes ses forces à échapper au regard envoûtant de M. Soussou, mais vu que Nénesse et Dudule lui avaient agrippé la trogne pour lui soulever les paupières de force, il ne résista pas plus d'une minute...

Avec Arsène, j'avais menotté les gendarmes

grâce à leur propre attirail, et avec d'infinies précautions, nous les regroupâmes en botte, comme des poireaux. Le concert continuait dans la pire cacophonie. Chacun y allait de son couplet. « Un de raisonnable », « je veux pas », « pas rond, chef », etc. Quant à Vlassemkine, il faisait le perroquet en lâchant des « Pitié, c'est pas juste », à tire-larigot !

– Faudrait un peu d'harmonie..., remarqua Bébert. Dites, monsieur Soussou, on peut pas leur faire chanter autre chose ?

– Il suffit de leuw owdonner !

– Hé, les gars, écoutez ! Si on leur demandait *Les Petites Marionnettes* ? proposa Arsène.

Je ne pus m'empêcher de rire. Oui, c'était un air qui leur irait à merveille !

– Allez, tous en chœur : *Ainsi font, font, font, les petites marionnettes, ainsi font, font, font, trois petits tours et puis s'en vont !* entonna Arsène de sa voix de stentor.

Le quatuor de gendarmes et Vlassemkine reprirent le refrain avec un ensemble parfait. C'était à se tordre les boyaux de rire ! On s'en est tous donné à cœur joie, à s'en attraper des crampes à la mâchoire. Dudule retrouva son sérieux le premier.

– A propos de trois petits tours et puis s'en vont, Claudius, m'est avis qu'on devrait pas s'attarder dans les parages, si tu vois le topo ! me dit-il. Des fois que d'autres pandores rappliquent avec du renfort, ce coup-ci, faudrait un vrai miracle pour nous tirer d'affaire !

9
Arsène fait des siennes

Dudule avait raison. Je sifflai dans mes doigts pour donner le signal du départ. Au triple galop, nous avons traversé le parc du château pour filer jusqu'à nos voitures !

– Ah ! ouiche, Claudius, ça, c'était mieux qu'à la télé ! Aussi sec ! gloussa la mère Muzard en courant à mes côtés.

Une heure plus tard, nous étions de retour à Paris. Le voyage fut assez animé. Chacun d'entre nous songeait à la trouille qui nous avait taraudé les tripes à l'arrivée des gendarmes… M. Soussou était le héros de la soirée. Il nous expliqua qu'il utilisait son art auprès de certains de ses compatriotes, pour les endormir quand on leur arrache une dent ! Ils ne ressentaient plus aucune douleur !

Nous nous séparâmes rue Cuvier, devant la

loge de ma copine. M. Soussou et Mustapha devaient retrouver leur petite famille. Quant aux copains de la cloche, la nuit était douce et les quais de la Seine accueillants. Je quittai Nénesse et Dudule, Bébert et Arsène, qui allaient dormir tous ensemble sur les pavés moelleux du quai d'Anjou : il me fallait rendre sa camionnette à ce garnement de Petruzzi ! Je la laissai devant son hôtel, avec un petit mot d'excuse pour le bazar que nous avions mis dans ses costumes de théâtre, mais je savais d'avance qu'il ne m'en voudrait pas… Et puis, ma foi, comme je n'avais pas sommeil, je fis un grand tour dans Paris, avec mon Totor.

Quelques semaines passèrent. Le temps avait carrément viré au beau fixe. Je croisais parfois Bébert près du pont Marie. Il se gondolait en relisant quelques coupures de journaux relatives à « l'étrange sortilège du château de La Ferté-Jobard » ! Eh oui, ce n'est que le lendemain matin qu'une patrouille était venue récupérer Vlassemkine, le capitaine et ses sbires, qui continuaient à chanter *Les Petites Marionnettes*, transis de froid par la rosée du matin, mais imperturbables ! Il avait fallu leur administrer des remèdes de cheval pour les ramener à la raison ! Ils ne gardaient aucun souvenir de la nuit mais frissonnaient de terreur si d'aventure ils passaient devant un théâtre de Guignol ! Allez donc savoir pourquoi...

Il n'y avait aucune nouvelle de la marquise de Cassiembart : cette pauvre gourde s'était réveillée à l'hôpital et, honteuse de sa conduite, devait se consoler toute seule de ses déboires. Pas de remous non plus du côté de l'antiquaire Rabougnac, à qui Bébert et moi avions servi notre numéro de flics camouflés en clodos, souvenez-vous donc !

Et l'armure du duc Abélard, le héros de la bataille de Marignan, me demanderez-vous ?

Eh bien, avec le concours de M. Soussou, je l'avais rapportée dans la loge de la mère Muzard, bien à l'abri dans son panier d'osier. J'avais aidé ma copine à la remonter, pièce par pièce, un sacré Meccano, et elle trônait de nouveau près de la cage à escargots, magnifique, vaguement inquiétante toutefois. Foi de Lapoigne, elle était tellement belle qu'à chaque fois que je la regardais, j'avais l'impression que cette tuyauterie allait s'animer et qu'Abélard en personne me proposerait de boire un coup de ratafia !

Cette chère Clothide-Berthe, encore honteuse de m'avoir snobé, me mijotait des plats aux petits oignons, histoire de se faire pardonner ! Poêlée de mou de veau à la crème de marrons, tripes à la pistache, blanquette de pattes de canard à la confiture de coings et flambées au Cointreau, bref, rien que des merveilles ! A chaque fois que j'approchais de sa loge, c'est bien simple, j'en avais la langue pendante, et mon Totor, la truffe en émoi !

Mais voilà-t-il pas que le 10 juillet, un courrier arrive à la loge de la rue Cuvier, un vrai courrier de pacha, une lettre de papier bleu pâle, entourée d'un cordon de bolduc rose... J'ai tout d'abord cru que cette lettre était destinée à la mère Muzard, mais mon nom figurait sur l'enveloppe. Je l'ouvris, intrigué. L'écriture laissait à désirer : on voyait tout de suite que les lettres avaient été tracées l'une après l'autre, lentement, et de la main gauche !

Mon cher Claudius,

Prévien tou les caupins de l'hautre soar mais z'aussi la duchaisse, je vous zinvite a une petite faite chez moi, à Vitry-sous-Sénart, dimanche prauchain à midi ! On va s'en payer une bonne tranche ! Je compte sur toa ! Salut !

Arsène

Je n'en revenais pas ! Ainsi donc, il avait fini par l'acheter, la maison de ses rêves. J'étais heureux pour lui, mais une petite pointe d'inquiétude vint me chatouiller : Arsène était toujours sans le sou, et je redoutais qu'emporté par l'envie, il n'ait fait un mauvais coup pour se procurer de l'argent !

Bref, le dimanche, nous prîmes place, Bébert, les frérots Nénesse et Dudule et moi, dans la 404 de Mustapha, en compagnie d'Aïcha qui était sortie de la maternité, et du petit Saïd. La mère Muzard, qui n'avait pas fait de moto depuis 1933, ne put résister au plaisir de monter sur la Mobylette de M. Soussou.

Nous avons pas mal tourné en rond pour dénicher la maison d'Arsène, bien planquée sous le pont de l'autoroute, juste au bord d'une rivière bordée de jardins et de vergers. La perspective était juste un peu gâchée par la présence d'une décharge pour voitures abandonnées, mais ce n'était pas bien gênant. Ah ! comme ça faisait plaisir de voir Arsène aussi heureux, dans sa maison ! Il s'agissait en fait d'une ancienne baraque de chantier avec un toit en tôle ondulée mais Arsène l'avait repeinte en rouge, si bien qu'elle avait une certaine allure. De plus, il avait disposé des gros tas de pneus tout autour, pour bien délimiter sa propriété, et planté quelques arbres ainsi qu'une tonnelle, sur une armature de fil de fer. C'était modeste mais propret. Quand nous sommes arrivés, il se tenait sur le pas de sa porte, fier comme un pape. Ce n'était plus le même homme. Aussitôt, nous

avons déballé les provisions : le coffre de la 404 de Mustapha était empli à ras bord de frites et de merguez, et il commença à préparer un feu de bois. La mère Muzard avait sorti de sa cave quelques bouteilles de Château-Muzard, un petit rouge qu'elle fabrique elle-même dans sa loge avec du raisin qu'elle achète au marché ! Un nectar !

Pendant que les copains préparaient la boustifaille, j'entraînai Arsène un peu à l'écart. Nous fîmes quelques pas le long de la rivière.

– Dis-moi, Arsène, chuchotai-je, vu que ta combine avec Vlassemkine a tourné à la catastrophe, t'as pas été payé, hein ?

Il confirma d'un hochement de sa grosse tête cabossée par les gnons.

– Alors, j'espère que t'as pas fait un mauvais coup pour l'acheter, cette maison ? poursuivis-je.

– Te fais pas de mouron, Claudius, me répondit-il. Tu te souviens que la marquise avait donné un chèque à Vlassemkine, juste avant que je sorte de derrière les buissons, déguisé en pirate ? Tu te rappelles ? Elle était tellement impressionnée qu'elle a voulu le payer tout de suite !

Arsène disait vrai. Je revoyais encore le geste vif de Vlassemkine, sa main fourrant le chèque dans sa poche ! Nous avions assisté à une scène identique, Bébert et moi, à la sortie du Père-Lachaise.

– Eh ben, figure-toi, mon vieux Claudius, qu'au

moment où on s'est tirés du parc de La Ferté-Jobard, j'ai fouillé dans les poches de la veste de Vlassemkine ! Et j'ai trouvé le chèque ! La marquise avait même pas pris la peine de le remplir, elle l'avait juste signé ! Alors j'ai mis mon nom dessus, avec une petite somme raisonnable, et j'suis allé empocher l'oseille à la banque !

– Tu vois, y a une chose dont je suis sûr, lui dis-je. C'est qu'on te surnommera plus jamais Arsène La Poisse !

On a éclaté de rire, tous les deux, et on est retournés auprès des copains. On est arrivés juste au moment où la mère Muzard a glissé sur une merguez qui était tombée par terre et s'est retrouvée au beau milieu de la rivière, les quatre fers en l'air. Elle a bu la tasse un bon coup, recraché quelques algues, avant que je l'entende crier :

– Ah ! ouiche, Claudius, elle est bonne ! Venez donc me rejoindre ! Aussi sec !

TABLE DES MATIÈRES

THIERRY JONQUET

L'AUTEUR

Né en 1954 à Paris, Thierry Jonquet a une enfance marquée par le cinéma et les livres. Il étudie la philosophie à l'université de Créteil et plus tard l'ergothérapie. Tour à tour marchand de lessive, peintre en travaux publics, ergothérapeute, Thierry Jonquet mène actuellement une activité de scénariste et de romancier. Il a écrit de nombreux romans pour adultes (publiés notamment dans la collection Folio) comme pour la jeunesse.

Découvrez la première enquête
de **Lapoigne**

LAPOIGNE ET L'OGRE DU MÉTRO

FOLIO **JUNIOR**
n° 1389

Un ogre à l'appétit féroce sème la panique chez les bouchers parisiens. Lorsqu'il découvre que la police le confond avec le monstre, le clochard Claude Lapoigne se lance à sa poursuite. Heureusement, ce détective pas comme les autres peut compter sur Totor, son putois adoré, et sur sa vieille amie, la mère Muzard.

Une enquête au rythme trépidant et pleine d'imprévu, par un orfèvre de l'humour noir!

Mise en pages : Aubin Leray

Loi n° 49-956 du 16 juillet 1949
sur les publications destinées à la jeunesse
ISBN 2-07-057178-5
Numéro d'édition : 137222
Numéro d'impression :
Dépôt légal : décembre 2005
Imprimé en Espagne par Novoprint (Barcelone)